JN•VEL
日本ノーベル株式会社
東京都民銀行
50

演劇

谷賢一

而立書房

装丁　原田　光丞
(Printed Union)

目次

演劇

この世界はすべてこれ一つの舞台。
人間は男女を問わずすべてこれ役者にすぎぬ。
それぞれ舞台に登場してはまた退場していく。
そしてそのあいだに一人一人がさまざまな役を演じる。

（シェイクスピア『お気に召すまま』より）

登場人物

【子どもパート】

ぼく　小学校6年生。すべてにおいて満遍なく普通、しかしこの演劇の主人公。右利き。

鈴木　ぼくの友達。同じクラス。家が金持ち。一人っ子。特別なおじさんを友に持つ。

お父さん　ぼくのお父さん。家族思いの働く父。愛に飢えた迷い人。疲労と倦怠の囚人。

お母さん　ぼくのお母さん。家族思いの専業主婦。パートタイムで近所のパン屋で働いているが、夫からは「やめろ」と言われている。郵便夫と浮気しているが物語とは関係ないし、本当は夫のことを心底愛している。

じじい　ぼくのおじいちゃん（父方の祖父）。ほぼ解脱を完了し涅槃に片足を突っ込んでいる。

おじさん　近所に出没する素性不明のおじさん。強大過ぎるフォースの力をコントロールするため、日々空き地や河川敷で厳しい修行に励んでいるが、無職。

右のきんたま　言うまでもなく、それはぼくの右のきんたま。司る力は「勇気」。

左のきんたま　お察しのとおり、それはぼくの左のきんたま。司る力は「愛」。

あの子　小学校6年生。本名、夢野ゆめあ。翼を折られた天使。学校ではいじめられている。

【先生パート】

柏倉　6年1組担任。学年主任。学校全体を揺るがした自殺未遂騒動の対応を指揮している。

本多　6年2組担任。受け持ちの八奈見静が起こした自殺未遂の対応に疲弊している。

松野　6年3組担任。バレーボールクラブの顧問として、八奈見静と親しかった。

並木　養護教諭。自殺未遂騒動に対する学校の対応に疑問と反感を抱いている。

古川　スクールカウンセラー。週2日この学校へ勤務している。

校長　校長。島本という名。来年には定年退職が決まっている。

日高　6年2組の児童、日高マリアの父。無職。

八奈見　6年2組の児童、八奈見静の父。娘の自殺未遂に動揺・激怒し、数々のトラブルを引き起こしている。

なお、初演では以下の人物は同じ俳優によって演じられた。

「鈴木」＝「並木」、「お父さん」＝「柏倉」、「お母さん」＝「本多」、「じじい」＝「校長」、「おじさん」＝「古川」、「右のきんたま」＝「八奈見」、「左のきんたま」＝「日高」。

1場　チームワーク

夕焼けの差し込む小学校の廊下。ジャージ上下に身を包んだ松野が、小脇に書類を一束抱え、疲れた様子、だがしかし妙に殺気立った目をして歩いてくる。

遠く、体育館の方角から、児童たちの歌う合唱『翼をください』が聞こえてくる。松野は思わず足を止め、体育館の方を見やる。松野の脳裏に無数の思い出が去来する。間。

大きなファイルを抱えた柏倉が現れ、松野の姿を目にし、足を止める。

柏倉　松野先生。

松野、柏倉の声に気がつく。

柏倉、ゆっくりとゆっくりと、松野の感傷を受け止めるように、近づく。

柏倉　――早かった。でも長かった。しかし短かった。だけど、永遠にも思えた。あいつらともう、六年！　息子といる時間より長いんですから。まさかこうして、平穏無事に、あいつらの合唱が聞けるときが来るなんて。ねぇ？
　馬鹿な子ほど可愛いってのはつくづく本当だ。教師生活二十年。ありませんよ、こんなに手を焼かされた学年は……。覚えてますか？　一年生の頃、木戸のやつ動物園で迷子んなって大泣きして……。本当に頼りない子だったんですがね。あんなに力強く、伴奏している。
　好きですか。合唱。
松野　どうして？
柏倉　ずっと見てる。……僕は好きです。音楽の授業は大嫌いだった。テストで一人で歌わされたりして。でも合唱は、一人じゃない。一人ひとりの上手い下手も、そんなには問題にならない。一人じゃ出せない音が出せる。一つになれる。まさにチームワーク。好きだったなぁ。
松野　僕も好きですよ。でも、あれじゃあまだまだ。
柏倉　そうですか。
松野　声が小さい。ちょっと行って、いっちょハッパかけてやります。

柏倉　ほどほどにして下さいよ。……チェックシート。提出まだなの松野先生だけですよ。それに例のアンケート、集計終わってます？　明日ですよ、明日。
松野　今晩、残って……。
柏倉　先に、やりなさい。歌は本多先生が見てくれてるんだから。
松野　心配でしょう、本多先生じゃ。
柏倉　そこは、チームワークを信じて。
松野先生には松野先生にしかできないことがあるんですから。

松野、柏倉との会話に終止符を打つように、窓を閉める。

松野　行ってきます、やっぱ。怒鳴って怒って、ハッパかけて。そこは僕の役割ですから。
柏倉　いやいや、たかが合唱の指導でそこまで、
松野　好きなんです、あの歌。『翼をください』って、すごいこと言うでしょ？　すごいこと言ってる。それをあんな、おざなりに歌われちゃあ……、飛べるもんも飛べねぇぞと、一発。
柏倉　ほどほどに。
松野　もちろん。

松野は立ち去る。
暗転。

2場　じゃんけんぽん！　哲学の道

ぼくと鈴木が、じゃんけんしている。
静かな風が吹いている。Blowin' in the wind。

ふたり　じゃんけん、ぽん。あいこで、しょ。
ぼく　グ・リ・コ。

グーで勝ったぼくが、三歩進む。以下、名前のわからないあのゲームのルールで進む。

ふたり　じゃんけん、ぽん。
鈴木　チ・ョ・コ・レ・ー・ト。
ふたり　じゃんけん、ぽん。

ぼく　グ・リ・コ。
ふたり　じゃんけん、ぽん。
鈴木　パ・イ・ナ・ッ・プ・ル。
ふたり　じゃんけん、ぽん。
鈴木　パ・イ・ナ・ッ・プ・ル。
ふたり　じゃんけん、ぽん。
鈴木　パ・イ・ナ・ッ・プ・ル。
ぼく　（勝手に歩いて）待ってよ。
鈴木　ダメだよお前、ルール違反だぞ。
ぼく　引き離される一方だよ。
鈴木　グー出すなよ、グーで勝ったって三歩だろ。パーかチョキで勝たなきゃ。
ぼく　そっか。

二人は再度、名前のわからないあのゲームをはじめる。

ふたり　じゃんけん、ぽん（チョキとチョキ）。あいこで、しょ。
鈴木　グ・リ・コ。

ぼく　（勝手に歩いて）待ってよ。

鈴木　ダメだよお前、ルール違反だぞ。

ぼく　ぼくもう学校行きたくない。

鈴木　どうして。

ぼく　もはやぼくに、あの学校でやるべきことは残されていない。ジャージはむかつくし。

鈴木　ジャージはむかつくね。ジャージ上下のくせに。

ぼく　まったくだ。ぼくはあいつに身だしなみをキチンとしろと怒鳴られたことがあるのだけれど、果たしてジャージ上下はキチンとした身なりだろうか。

鈴木　疑問だね。ぼくも、かつてあいつに「暴力はいけない」といって殴られたことがあるよ。どうなってんだよ。

ぼく　矛盾だね。でもヤツはいつも、「廊下を走るな」と言いながら走って追いかけてくるよ。

鈴木　確かにそうだ。矛盾だ。そしてぼくは「怒らないから言ってみろ」と言われて秘密を打ち明けたら、「何で黙っていたんだ」と言ってものすごく怒られたことがある。

ぼく　ぼくもだ。ぼくはテストで「わからなくても何か書け」と言われたから、わからないところにすべて「ヨウ素液」と書いたら、真面目にやれと言ってこっぴどく叱られた。

鈴木　矛盾だね。

ぼく　矛盾だ。

鈴木　大人とはつまり、矛盾のことなのだ。
ぼく　その通りだ。

　　　間。

ふたり　じゃんけん、ぽん。
鈴木　チ・ョ・コ・レ・ー・ト。
ぼく　ぼくもう学校行かないぞ！
鈴木　どうして。
ぼく　なにもかも、くだらないからさ。
鈴木　卒業式は？
ぼく　ぼくがいなくたって卒業式はできる。
鈴木　そうかな。
ぼく　そうだよ。いてもいなくてもおんなじだ。歌だって、一人くらい歌わなくたって誰もわかんない。
　別にぼくは勉強もできないし、スポーツだって音楽だって、けんかだって得意じゃない。おしなべてふつうだ。ぼくにだけできることがある、それを探すのが人生だってお父さんは言ってたけど、ぼくは何もないのかもしれない。
鈴木　それならぼくだって同じじゃないか。
ぼく　鈴木くんは違うよ。見た感じすごくシュッとしてるし、どことなく影もある。
鈴木　だけどぼく、苗字が鈴木なんだ。普通だろ。
ぼく　普通だね。
鈴木　愕然とするだろ。名前からしてその他大勢だ。いくら僕が頑張っても、鈴木って名前に邪魔されるんだ。
ぼく　有名な鈴木だっているよ。
鈴木　誰だよ。
ぼく　野球のイチローとか。そうだろ。野球のイチローは鈴木一朗って言うんだ。普通の名前なのに大リーガーだ。
鈴木　でもあいつは、鈴木の名を捨てた。
ぼく　そうだね。
鈴木　あいつはきっと、己に課せられた凡庸さに耐え切れなかったんだ。そして鈴木は凡庸過ぎて、存在しないも同然の名前なんだ。普通すぎるってことは、ないも同然ってことだからね。
ぼく　そうだ。普通は、ないも同然だ。

鈴木　それにイチローの親父はチチローって呼ばれてるだろ？　どういうことだよ。鈴木だろ。あいつらは、親子揃って鈴木を裏切ったんだ。
　でも僕は違う。僕はこの、呪われた名前を背負いながら、だけど何か、すごい大人になってやる。そしたら僕は、すごい鈴木の第一号だ。
ぼく　それはすごい。鈴木くんは勇敢だね。凡庸に見えて、肝っ玉のぶっといところがある。
鈴木　ぼくすごいおじさんと友だちになったんだ。
ぼく　すごいおじさん？
鈴木　あぁ。その人は、いつも夕焼けを背負っていたり、豪雨の中を走っていたり、大木の木陰で木漏れ日のシャワーを浴びていたりするんだ。その唇からこぼれる言葉は音楽のように甘く、哲学者のように深く、研ぎ澄まされたナイフのように鋭いんだ。社会・世間に属することなく、自分だけの思索を深め続けているんだ。
ぼく　すごい！　そのおじさん、働いてないの？
鈴木　仕事なんかしないさ。すごいだろ？　働かないでも生きていけるんだから、うちの親父よりよっぽどすごい。

間。

ふたり　じゃんけん、ぽん。
鈴木　パ・イ・ナ・ッ・プ・ル。
ぼく　実はぼくも、何かひとつすごいことをしでかしてやろうと思っているんだ。
鈴木　何だい。
ぼく　わからない。でも一度きりの人生だろ。何かひとつ、すごいことをしでかしてやらないことには終われない。
鈴木　カッコいい。
ぼく　ぼくはね、寝るのが嫌いなんだ。
鈴木　特殊ー!
ぼく　だってこのまま目が覚めなかったら、ぼくは消えてなくなっちゃうわけだろ。消えてなくなっちゃったら、消えてなくなっちゃったってことさえもわからなくなるだろ。でもぼくがいなくても、卒業式はできるし鈴木くんは中学生になるし、地球はぐるぐる回り続けるわけだろ。それってすごい怖いけど、怖いってことさえ感じれなくなってるわけだろ。それってすごい、おかしいだろ。ぼくがいないのに、明日も、明日も、その明日も、続いていくなんて。だからぼくには何か、特別な使命があるはずなんだ。それが何かは、わからないけど。

鈴木　わかる。
ぼく　わかる？

間。
ぼくは傷ついた。

ぼく　ぼくだけじゃないんだ。
鈴木　ぼくもわかるよ。
ぼく　ならこれも、普通なんだ。
鈴木　うちのお袋も同じこと言ってた。それでときどき、怖くて眠れなくなるって。うちのお袋、乳がんで余命宣告されてるから。
ぼく　鈴木くんは、特殊だよ。
鈴木　そんなことないよ。女の人の十人に一人は乳がんになるんだよ。十人に一人じゃ普通だろ。
ぼく　うん。
鈴木　それにうちは鈴木だからさ。普通だから、お母さんは死んだりしないよ。
ぼく　そうだね。

間。

鈴木　帰ったら遊ぶ？
ぼく　どうしよう。
鈴木　作文書けた？
ぼく　書けてない。でも遊ぶ。作文なんて、くだらないから、遊ぶよ。
鈴木　何して遊ぶ？
ぼく　わかんない。ゲームかな。
鈴木　いいね。
ぼく　うん。……一緒にやる？
鈴木　ぼく、作文書いちゃうから。
ぼく　うん。
鈴木　くだらねぇから、今日中に終わらせてやるんだ。
ぼく　そうだね。いち早く終わらせるべきだね。
鈴木　作文を後回しにするんだから、やっぱり君はすごいよ。
ぼく　ぼくなんか普通だよ。むしろ作文を先にやれる、君の方がすごいよ。
鈴木　じゃあ、また明日。

ぼく　また明日。

鈴木はさっさと帰る。

ぼくは取り残される。

取り残されたぼくの姿を見て、観客は、世界における存在の孤独を共感し、未だに認識という私的には疑いようもなく確かなのに科学的にその存在を記述できない漠たる恐怖に打ちのめされ、本作『演劇』を観た者の中から未来の哲学者が生まれるが、それはまた別の話。

3場　大魔王をぶっ倒せ

ぼくはゲームをやっている！　驚きの転換がなされる。
使用されるゲーム音楽は『Final Fantasy V』が望ましいが、何でもいい。

ぼく　くだらねぇや。くだらない。みんなガキばっかりだ。あんな歌みんなで歌ったり、卒業くらいで大騒ぎしてさ。

(やられたSE)あっ、ずるいぞ何であっちばっかかクリティカル出るんだよー！　ちくしょう食らえ、フハハハハ召喚魔法だ、ちゅどーん、どんどーん！　フハハハハー苦しむがいい！

……鈴木くん。君には失望したよ。作文？　くだらないものに怯えおって。あんなのぼくなら、十分で書けちゃうぞ。

「中学校でやりたいこと」。だってそんなの、特にないもの。どうせみんな、部活を頑張る、勉強を頑張る、それくらいしか書かないんだろ。ぼくはそんな、くだらないものはやりたくない。ぼくはぼくにしか、できないことがあるはずだ、メガフレア！　どんどんどんどーん！

勝利のＳＥが流れる。

ぼく　へっへっへ。――明日から、もうぼくはぼくではない。……ぼくは確かにぼくだけど、今のぼくはぼくではない。ぼくは選ばれる日を待っている。ぼくには何か、やるべきことがあるはずなんだ。ぼくにしかできない、ぼくだけの何か……。

一階からお母さんの声が聴こえる。

お母さん　ぼくー。ご飯よー。
ぼく　今行くー。
お母さん　冷めちゃうよー。
ぼく　今セーブするからー。
お母さん　ゲームは一日、一時間までって約束でしょー。

ぼく　だから今セーブするから！　セーブポイント離れてんのここ！
お母さん　せーぶー？　デパート関係ないでしょ今ー？
ぼく　違うよ、セーブ、今セーブすんの！
お母さん　せーぶー？　野球ー？
ぼく　違う、ぜんぜん違う！　今行く！
お母さん　冷めちゃうよー。
ぼく　今行くってば！

ぼくはセーブして電源を切って、駆け出す。

ちなみにこれは、筆者の幼少期をモチーフにしたいわゆる半自伝的作品という類の物ではない。

筆者の部屋は確かに二階にあったが、部屋にゲーム機はなかった。

４場　家庭という名の監獄、あるいは凡庸さという名の呪い、ないし親が普通で残念

食卓ができあがっている。
お父さん、お母さん、じじいがいる。隣には猫のチャム太郎もいる。そこにぼくが加わる。

みんな　いただきます。

もぐもぐもぐ。

じじい　うん。おいしい／ね。
お父さん　いやー。疲れた。今日は疲れたー。
お母さん　今日は現場？
お父さん　いや事務所だったんだけどね。しかしまー、疲れた。

お母さん　週末は休めるの？
お父さん　いやーまぁ、この調子だと、ちょっ……と休めないだろうね。しかしまー、疲れた。
お母さん　少しは休まなきゃ。
お父さん　休みたいよー、俺も。でもまぁ、仕事だから。しかしまー、疲れたね今日は特に。もうすごい疲れる。
お母さん　日曜日、この子のブレザー買いに行くつもりだったんだけど。
お父さん　（ピクリとして）ブレザー？
お母さん　卒業式だもの。
お父さん　しかしまー、休めないからね。
お母さん　休むって言ったじゃない。ねぇ？

お父さんはちょっとムッとする。しかしそこは、グッとこらえて、

お父さん　……ビール。
お母さん　ありません。
お父さん　ないの？
お母さん　ゆうべ飲んじゃったでしょ。

お父さん　買っといてよ。
お母さん　決めたでしょ、一日三杯までって。
お父さん　でもだって今日は、疲れたから。
お母さん　疲れてるんなら、なおさら控えなきゃ。

お父さんはちょっとムッとする。しかしそこは、グッとこらえて、

お父さん　……（妙な威厳を持って）卒業式、もう来週かぁ。
ぼく　うん。
お父さん　どうだ、卒業式は。
ぼく　ふつう。
お父さん　ふつうか。
ぼく　ふつう。
お父さん　いよいよお前も中学生だからな。きちんと自分の、やりたいことを見つけてだな。
お母さん　日曜日、何時から行こっか？　パパ来れなくなっちゃったから、二人で選ばないとね。

お父さんはちょっとムッとする。しかしそこは、グッとこらえて、

お父さん　……しかしまー、疲れた。あー、ビールないのかー。
ぼく　いらないよ、ブレザーなんか。
お母さん　何言ってんの。恥ずかしいでしょ、ブレザーなかったら。
お父さん　おう、そうだ、おい、去年入ったばっかの高橋がさぁ。もう辞めるとか言い出して。
まだ一年だぞ？
お母さん　お金のことは気にしなくていいのよ。（パパに）ねぇ？
お父さん　……そうだぞ。そのためにパパ、頑張って働いてんだから。
お母さん　毎日毎日、帰りが遅いのもね。あんたのためを思って、
お父さん　そうだぞ。ぼくにちゃんと、カッコいいブレザー着せてやってな。卒業して欲しいから、こうやって毎日毎日、
ぼく　要らないよ。ぼく卒業しないから。
お母さん　何言ってんの。バカね、この子は。
ぼく　お金の無駄だ。
お母さん　お金ならいいの。パパもそう、言ってくれてるでしょう。

お父さんはもう耐えられない。お父さんの怒りが爆発する！

お父さん、やにわに立ち上がり、

お父さん 要らん！　もう、ブレザーなんか！　要らん、もう買うな！
お母さん 何よ急にやめて大声出さないで。
お父さん うちにもう、お金はありません！
お母さん 何八つ当たりしてんの。
お父さん 残業されちゃ迷惑か。休日出勤されちゃ迷惑か！
お母さん あなた自分からぼくのブレザー選びたいって言ったんでしょ、最初！
お父さん それはこいつが、ブレザー欲しいって言うから！
お母さん やめて怒鳴らないで頭痛くなるから。
お父さん だって仕方ないだろ高橋が急に辞めるって言い出すから！　だから俺が！
お母さん 誰よ高橋って、知らないわよそんなの！
お父さん 知ってるだろ高橋、去年の夏中途で入った！　高松出身の！
お母さん 知らないわよ、どこよ高松って！　九州⁉
お父さん バカ高松は四国だよ四国に決まってるだろ！
お母さん あぁもう嫌だバカって言わないでって言ってるでしょういっつも‼
お父さん 俺だって日曜日くらい休みたいよ、ホントは。

お母さん　別に私だって日曜日休んでるわけじゃないんですけど！
お父さん　いっつも昼過ぎまで寝てるだろう！
お母さん　日曜くらい昼過ぎまで寝てろって言ったのは誰？　アンタでしょ！

お父さんのちゃぶ台返しが炸裂する。

お父さん　貴様、亭主に向かってアンタとは何だ、アンタとは！
お母さん　貴様ァ？　実家に帰らせて頂きます。
お父さん　帰れ、帰れ。ママはぼくが卒業なんかしなくっても別に構わないってさ。
お母さん　そうやっていっつも私のせいにばっかりして！
お父さん　俺は今日は疲れてるんだ！
お母さん　いつもより早く帰れてるじゃない！
お父さん　だって、辞めるんだぞ高橋！　だけど早く帰ったんだ！　無理して！　だから……、だから……、ちょっとはお前、バカ、優しくして、くれよォ……。

お父さんはもう限界らしい。泣き出してしまう。茹《ゆ》で過ぎたほうれん草のように。

お母さん　ちょっと、何……。泣かないでよ……。
お父さん　泣きたくもなるよォ……。高橋ィ……。何で辞めちまうんだよぉ……。
お母さん　だから誰よ、高橋って……。
お父さん　高橋だよォ……。あいつ、俺、目ぇ、かけてたんだけどなぁ……。うっ、うっ、うっ……。
お母さん　やめて下さい、みっともない。
お父さん　（急に怒り）みっともなくて、悪いか！
お母さん　この子のことも少し、考えて下さい。
お父さん　（泣き、抱きついて）考えてるよぉ……。俺だってもっと、家にいたいんだよぉ……。さきこー……。
お母さん　ちょっと、やめて、こんなとこで……。
お父さん　さきこー……。高橋が……。
お母さん　知りません、高橋とか。（ぼくに）ちょっとパパ、泣いちゃったから、寝かしつけてくるね。
ぼく　うん。
お母さん　卒業はしなさい。あと、お野菜もちゃんと食べて。
お父さん　さきこー……。

お母さん　ちょっとあなた、やめて。
お父さん　（急に怒り）着ろよ、ブレザー！　俺まだ大丈夫だからな！　遠慮なんか一切するな！
お前はお前の、やりたいことを、やれ！
お母さん　だからあなた、ちょっとまだ階段……。

パパとママは二階へ去る。
混乱と混沌が乱闘しつつ、しかしお互いを愛し合い求め合いつつ、己の存在の不確かさを、相手の肉体の確かさで誤魔化し満たそうとしつつ、もつれるように、もたれ合うように、しかし実際は要は泣きじゃくる親父が無様にセックスを要求しつつ、とにかくいなくなる。
そしてこのリビングの空漠がぼくに押し付けてくる、存在の耐えられない軽さ。

ぼく　やりたいことなんか、ねぇよ！　ブレザーなんか、着ない！　卒業しない！
——ぼくはぼくだ。ぼくでしかない。ぼく以外の何にもならない！

5場　演劇との遭遇

ぼくははたと、忍者か石ころのように気配を消していたおじいちゃんの存在に気がつく。
空間は徐々に歪み、ねじ曲がり、おじいちゃんの放つ安定した空漠に吸い込まれてゆく。

ぼく　(気配に気づき)……まだいたの、おじいちゃん。
じじい　わしは、ずーっといるよ。ずーっと、ぼくのことを見てる。
ぼく　ぼくはもううんざりだ。大人は得てして、わけがわからず、そのくせ極めて凡庸で、しかし偉ぶり、人生を語り、だけどもぼくは、ただの子どもだ。
じじい　ぼくもいずれ、大人になって、わけのわからないことをはじめるんだ。
ぼく　おじいちゃんは、大人じゃないの。
じじい　おじいちゃんは大人だ。だけど、大人も行き過ぎると、子どもと変わらなくなるからね。おじいちゃんは、もはや子どもだ。

ぼく　意味がわからないよ。

じじい　わからなくていい。おじいちゃんは、お前の物語にとっては、大して重要じゃない登場人物だ。二年後に死ぬから、たまーに思い出しておくれ。

ぼく　おじいちゃんは、重要登場人物ではないの。

じじい　あぁそうさ。……だけどな。おじいちゃんは、お前のおばあちゃんの人生の主役だったんだ。そしてお前のお父さんにとっては敵役で、会社では脇役だった。だけどおじいちゃんの人生にとって、お前は第三の主役なんだ。

ぼく　第三の？　一番と二番は？

じじい　一番は当然、おばあちゃんだ。愛し合う奇跡が、お前にもわかる日が来る。二番目はお前の、お父さんだ。

ぼく　お父さんはおじいちゃんの、敵役じゃなかったの。

じじい　違うよ。お父さんにとっては、おじいちゃんは敵役だ。ずいぶん厳しくあたったから……。でも、おじいちゃんにとっては、あの子は一番の宝物だった。お前のお父さん、孝之のことさ。孝之はおじいちゃんの、大人をやってた四十五年の、ピカピカの主役だったんだよ。

ぼく　お父さんは主役だったの。

じじい　そうさ。人は誰でも、そういうときがある。ちなみにおじいちゃんは、この出番を最後に、もう二度とこの『演劇』に出てこない。だから最後に、一つだけいいことを言うよ。

ぼく　なに。

じじい　おじいちゃんは、ぼく。お前がいてくれたおかげで、幸せに死ねる。ほれ、お小遣いをあげよう。三万円だ。小学校6年生には破格の値段だろう。でもとっておきなさい。おじいちゃんにとっては、もう意味のないお金だ。

ぼく　おじいちゃん……。

じじい　おっと、ちくしょう、しゃべりすぎてしまったな。おじいちゃんは、お前の人生にとっては通りすがりの脇役だから、さっさとハケるよ……。

ぼく　待ってよ、おじいちゃん！

じじい　なんだい。

ぼく　おじいちゃんがいなくなったら、ぼく一人だよ。しゃべることがないよ。

じじい　そうかい。そうだろう。

ぼく　なにが。

じじい　一人では喋れない。その恐ろしさを胸に刻め、少年。――それが、『演劇』だ。

（急に客席を見て）DULL-COLORED POP　第十七回本公演『演劇』。最後までごゆっくり、お楽しみ下さい。

おじいちゃんは、「ハケる」。

ぼく　おじいちゃん!?　おじいちゃん!?　消えた!!

沈黙。

「ぼく」は、どうしていいのかわからない。

6場　真夜中を突っ走れ

ぼくは行き場がないし、所在がない。
見慣れたはずの部屋が、急に見たこともない、よそよそしい場所に見える。
沈黙の中、ぼく以外の物が、次々と消えていく。

ぼく　……いよいよ困った。誰もいない。

沈黙。

ぼく　……パパー！
……ママー！
チャム太郎。……あっ。

チャム太郎も消えてしまう。
ちゃぶ台やご飯セットなども消えてしまう。
沈黙。

ぼく みんな消えた。どうしてだろう？
おじいちゃんは？　――どうせまたどっか、徘徊してんだ。

ぼくは駆け出す。くつを履いて、外へ出る。

ぼく おじいちゃーん？　……おじいちゃん！

沈黙。

ぼく 何の音もしない。――世界すべてが、息を止めてしまったようだ。
はっ！　（身構えて）……何だ。いつものあの電信柱か。でもあんなの、初めて見る……。

沈黙。

ぼくの周囲にしんしんと重く、夜が押し寄せてくる。

ぼく　これはぼくの人生だ。

ぼくはこのどうしようもない夜を、どうにかしようと走り出す。

ぼく　もしもぼくが死んだら。……それでも地球が残ってても、生きてる人が何してても、それはぼくにはもう見えない。だからあっても意味がない。

だけど逆も、そうなのかな。

もしも、ぼく以外のみんなが死んだら、ぼくだけ元気に生きていても、誰もぼくのこと見てないから、何やったって意味がない。

夜中にゲームもやり放題だし、お菓子だって食べちゃうし、パパやママやクラスのみんなの悪口だって言い放題さ。だって誰も見てないからね。

だけど、だけど……。そしたらぼくは、本当にいるのかな。

ぼくはどうして、この世界にいるのかな。

やばい、おかしい。なぜかどんどん、ふしぎになってきた……。

7場　再臨！　全肯定少女ゆめあ

するとぼくの背後から、不思議に愉快で狂気じみた、明るく歪んだ笑い声が聞こえる。
月明かりに輪郭を照らし出されたその少女は、車椅子に乗ったまま、バスケットボールを抱えながら、フルートを振り回して笑っている。

あの子　アハハハハー！　ふしぎふしぎふしぎー！　どうしてあちしは、笑っているのー！

ぼく　やっぱりだ。やばい人と行き当たった。見たところきちがいだ。

あの子　アハハハハー、ぶふぇ、ぶふぇっ。（吐血する）
——血を吐いたわ。だけどふしぎ！　あちしちっとも、悲しくなんかない！
（絶叫し）今ー！　あちしのー！　願いごとが叶うならば翼が欲しーい！

あの子はフルートを吹く。

あの子　……ちっとも上手に吹けないわ。おかしい！　こんなのきっと、非現実だわ。全否定してやる！　アハハハ、アハハハハー！

ぼく　お嬢さん。

あの子はぴたりと動きを止めて、ゆっくりこちらを振り返る。
ぼくはその、神々しくも違和感しかない現実に、呼吸を止める。

あの子　なあに。

ぼく　……夜中だよ。どうして君は、笑っているの。

あの子　だってちっとも、フルートがうまく吹けないの。こんなのっておかしいわ。だってあちしは、フルートを持たされて登場したのに！

ぼく　どうして君は、フルートを持たされているの。

あの子　あちしフルートなんてどうでもいいの。だけどママがこう言うんだわ。あなたは体が弱いのだから、フルートを吹きなさいって。でもこんなもん、きらい！

あの子はフルートをぶん投げる。

ぼく　やっぱりデタラメだ！
あの子　あちし、夢野ゆめあ！　ご覧の通り、もう自分の足で歩けないの。
ぼく　唐突だね。どうしてもう歩けないんだい。
あの子　あちしは体がとっても弱いの。
ぼく　どうして体が弱いんだい。
あの子　あちしいっつも、夢ばかり見ているの。
ぼく　それでどうして、体が弱いんだい。
あの子　あちしいっつも、夢ばかり見ているものだから、クラスのみんなに嫌われた。
　そして壮絶ないじめにあい、校舎の三階から突き落とされて半身不随になってしまった。
校庭にラインを引くときに使うコロコロするやつの石灰をどんどん飲まされて、臓器が大
体やられてしまった。あちしみんなにいじめられて、もう学校にも通えない。
（アンニュイに）そんな六年間だったわ。
ぼく　悲しいね。可哀想だ。
あの子　ううん。ちっとも！　だってあちし、生きてる！
ぼく　!!
あの子　今でも夢を、見ていられる！

ぼくは衝撃に呼吸を止める。
あの子の夢に胸が詰まって、もう窒息寸前だ。

あの子　あちし今、ほらこうして、バスケのドリブルとフルートの練習中よ。両手がまだ動くのだから、あちし今さら、何でもできる！

あの子はしばらくオツムの中で、得体のしれない夢に浸っている。

あの子　あぁ、吐きそう！　でも嬉しい！　あぁ、動きたい、動けない！　でもあちしは、誰よりも自由！　あちしが両手をひろげても、お空はちっとも飛べないが、飛べる小鳥はあちしのように、地面を速く走れない、と決まったわけでもなく、例えばあちしが本気を出せば、割と早く動けるし、あちしは元気なおつむがあるから、どんなお空も飛べるんだわ！

ぼく　すごい、とんでもなくポジティブな子だね。いくつ？

あの子　12歳。だけど中身は120歳！　だってみんなの十倍は、夢を夢見て生きてきたから！

ぼく　だけど君は、何もできない。

あの子　（素早く動きながら）しゅっ。しゅっ。わかる？　今、あちしが何をしているか。あちしは今は、トライアスロンの選手なの。あちしの両手が水をかき分け、あちしのあんよが大地を踏みしめ、ペダルを漕ぎ、あちし、負けない！　どこへでも行ける！

ぼく　すごい！

間。

あの子　（やにわに無感情となり）……すごいでしょう。もちろん、私にしかわからない、私だけの、儚い、かそけき、くだらない夢なのだけれども。

ぼく　……君にそんなこと、言って欲しくない。

あの子　どうして？

ぼく　出会って間もないぼくらだけど、……君のような女の子は初めてだ。君は現実を生きていないように見える。

あの子　……それは、いけないことかしら。

間。

あの子　あちしあのジャージ先生に言われたの。もう学校に、来ないでくれって。

ぼく　……！

あの子　あえてしつこく繰り返すけど。あちしはひどく、いじめられているの。あちしがなくとも、式はできる。むしろあちしがいない方が、卒業式はシャンシャン進む。だったらあちしは、あちし一人で、卒業式をしてやるの。いけないかしら？

間。そしてあの子はバスケのドリブルとトライアスロンを同時にバタバタ試しつつ、うろちょろ、クルクル動きつつ、『翼をください』を歌い出す。

あの子　♪今　あちしの　願いごとが　かなうならば　翼がほしい

ぼく　それが卒業式？

あの子　これが卒業式！

ぼく　たぶん違うよ。

あの子　だってあちし、わからないから。だけど多分、こんな感じ！

♪この背中に　鳥のように　白い翼　つけてください

ぼくはあの子を見つめながら、一緒に歌を歌い始める。

ふたり　♪この大空に　翼をひろげ　飛んでゆきたいよー
♪悲しみのない　自由な空へ　翼はためかせ　ゆきたいー

暗転。

8場　最初の応接室

学年主任の柏倉が、立っている。
2組担任の本多、3組担任の松野、そして養護教諭の並木がいる。
柏倉が口火を切る。

柏倉　――シミュレーションをしましょう。いじめは、なかった。スタート地点はここです。
本多　はい。
並木　ちょっと。……どういうことですか。
柏倉　並木先生にも、よく聞いていて欲しいんです。足並みを揃えましょう。
並木　それは、だって、あったもなかったも……。「わからない」ってことじゃ、
松野　あったという確かな証拠、証言はどこにもない。誰も知らない。本人はもう、……「喋れない」。この場合、学校としては「なかった」というスタンスを崩せない。

柏倉　その通りです。
並木　鼻血の件は。
柏倉　報告書読み返せよ。そこに書いてある通りだろ。
並木　読まなくたって覚えてます。あの日、静ちゃんが鼻血を出して保健室に来た。明らかに誰かに殴られた跡があった。しかし本人はいじめを否定した。誰が殴ったのかも、わからなかった。
柏倉　その通りです。報告書にはそう書いた。並木先生が、ご自分で。ですよね？
並木　その通りです。
柏倉　じゃあ、誰が彼女を殴ったんですか。
並木　……。
柏倉　もう一度、全員分、聞き取りをやり直しますか。本多先生。

間。

本多　賛成できません。
並木　どうして。
本多　……静ちゃんの名前を聞くだけで、シホ……、一番仲良かった友達ですが、彼女なんかは泣き出してしまいますし、男子の間ではあいつがいじめたんじゃないかと言って騒ぎが……。

並木　だから何ですか。

本多　（苛立ちを嚙み殺し）……ようやく落ち着いてきたんです。やっとみんな、歌が歌えるようになった。伴奏してるのは、木戸くんです。

並木　と言うと。

本多　……静ちゃんをいじめていたんじゃないかと言って、ネットで名前を晒された子です。でもそれは、根も葉もないデマでした。出席番号の近い別の児童と勘違いされただけなんです。

並木　じゃあその……、出席番号の近い子は？

本多　……。

柏倉　本人は否定している。それどころか、静ちゃんが首を吊った前日には、その子と静ちゃんと、あと……。

本多　マリアとウミとヨシコと、コウヘイとダイキの七人で、一緒にアイスクリームを食べながら下校しています。

並木　それは、確かなんですか。

本多　全員がそう言っています。

並木　口裏を合わせたり、

柏倉　報告書読み返せよ。ないよ。そんなもん。

並木　なかったって言い切れるんですか。

柏倉　言い切れる。

並木　どうして。

柏倉　本多先生がそう言うからだよ。子どもたち一人一人と、何週間も、何十時間もかけて、一人ずつ全員聞き取りをした本多先生がそうだと言ってる。異論を唱えてるのは並木先生、アンタとあの親父だけだ。

並木　だって、殴られて……。

柏倉　それはアンタしか見てない。じゃあ何か、今頃になってやっぱりケイタ、お前がやったんだろって尋問でもすんのか。それとも転校してった……、

本多　クラタ・タカシ。

柏倉　クラタ。第四小ですよね。

本多　はい。

柏倉　クラタんとこ行って、お前がやったんだろって言えますか。

並木　誰もそんなこと言ってません。

柏倉　だったらお願いしよう。八奈見さんにみんなで頭を下げよう。警察だけは、やめてくれっ

て。どうなると思いますか。子どもら全員、本多先生じゃなくって、警察官に聞かれるんだ、本当にいじめはなかったのか、って。もう何十回聞かれたかわからない。また学校に来れなくなる子どもが出る。

本多 マリアとウミは絶対に来れなくなります。

柏倉 そう。

本多 マリアは今でもたまに、親御さんに死にたいと言うそうです。

沈黙。

本多は泣き出す。

並木 本多先生。あなたが泣いてる場合じゃないでしょう。

柏倉 並木お前いい加減にしろよ。

並木 親御さんが望むなら、もう一度調べ直すべきです。

柏倉 話聞いてたのか!

並木 松野先生は。

間。

松野　静ちゃんはそれを、望んでいないと思います。

並木　どうして。

松野　……例の事件の、一週間前に相談を受けました。みんなと仲良くするには、どうしたらいいだろうって。あれは、本心だったと思います。

本多　本心です。

並木　どうしてそう言い切れるんですか。

松野　直接聞いたからです。それに、そんな嘘、どうしてつく必要があるんです？　八奈見静のことは、クラブ活動で三年間見続けています。自信があります。

並木　本当だから、問題なんじゃないですか。それこそいじめられていた証拠なんじゃ、

柏倉　じゃあ誰なんだよ。誰がいじめてたんだ。

並木　……それを、確かめるためにも……。

柏倉　何度も確かめた。スクールカウンセラーも教育委員会も、それに保護者会も一丸となって、これ以上の調査はやめるべきだと言っている。世論も収まった。やれるだけのことは、やった。

今、我々が、教師としてすべきことは、今、生きている子たちのことを、一番に考えてやることじゃないんですか。

並木　……。

本多　（凄まじい形相で）柏倉先生、撤回して下さい。

柏倉　（意味がわからず）……はい。

本多　静もまだ、生きています。

柏倉　……本多先生。どうも本当に、すみませんでした。撤回します。申し訳ありません。

柏倉、深々と頭を下げる。

沈黙。

松野　……新たな事実があるんなら、もちろん調査すべきです。でも、何もない。あったに違いないと言ってるのは、並木先生。あなたと八奈見さんと、インターネットだけなんです。本当に。

……お願いですから、協力して下さい。

並木　私は、静ちゃんの味方です。

松野　……ふざけんなよ、お前。

松野は並木の胸ぐらを掴む。

柏倉 やめろ松野！

松野 （間に割って入って、強引に止め）……落ち着け！ 落ち着き続けろ。何があっても、どんなに腹が立っても、絶対に表に出すな。俺たちが、守るんだろ、あの子らを。

柏倉 ……すみません。

並木 並木先生。

柏倉、並木に向き直り、深々と頭を下げる。

柏倉 お願いします。協力して下さい。何か、一つでも、どんなに小さなことでも、いじめがあった、そう臭わせる事実が出てきたら、そのときは必ず、必ず警察にも相談します。でも、ないんです。だから……。

並木 やめて下さい。

柏倉 お願いします。同席して下さい。……並木先生が一緒になって頼んでくれれば、八奈見さんもきっと、矛を収めます。

並木 ……私、外させてもらいますね。

柏倉 六年生全員、一〇二人のことを、考えてあげて下さい。

松野　僕からもお願いします。
並木　……あんたはさぁ。
松野　柏倉先生の言う通りです。六年生全員、一〇二人のことを考えてあげたいんです。僕も。それに、その一〇二人の中には、もちろん八奈見静も含まれています。
並木　……。
松野　あの子は本当に、みんなと仲良くしたかったんです。今でもきっと、そう思っているはずです。みんなで一緒に、卒業して欲しいと思ってる。本当に優しい子だったんですから。
——先ほどは失礼しました。でも、味方と言うなら、俺だって静の味方です。

並木、立ち去ろうとする。

並木　同席はしません。わかりますよ。私だって、なかったと思いたいですよ。だけど私が……意見を翻したら、八奈見さんは一人になってしまう。
積極的に賛成したり、背中を押したりはしませんが、八奈見さんが立件するつもりなら、私は止めません。私は、間違っていても、一人の側に立ちます。
本多　間違ってる。
並木　間違っていても、

本多　本当にやめてもらえませんか。今、教室にいる三十二人のために。

並木、立ち去る。

柏倉、椅子を蹴り飛ばす。

間。

柏倉　すみません。……とにかく……。

松野　協力し合いましょう。

本多　でも本当は、どうしたらいいんだろう。

沈黙。

松野　もう一度、並木先生のこと、説得してきます。

柏倉　いいよ。

松野　でも、

柏倉　無駄だよ。

沈黙。

柏倉はクリップで止められた書類の束を取り出し、本多と松野に押し付けるようにして手渡す。


柏倉　本多先生は、なるべく何も言わない。必要に応じて、きちんと謝る。頭を下げる。松野先生がそれを擁護し、八奈見を叩く。それを僕がたしなめる。いつも通りで。

……煙草一本、吸っていいか。

……あと、十……八分。


間。

一同、「今、ここでは」という空気を出して、反対する。

柏倉、立ち去る。

松野　……言っていいんじゃないですか、そろそろ。
本多　何がです。
松野　八奈見さん。あなたが、家で、手を上げるから、
本多　ダメです。言いません。
松野　だって、二人も聞いてるんだから。

本多　八奈見さんだって、……ああいう人だけど、苦しんでるんだから。
松野　僕はね。本多先生。
本多　はい。
松野　偉いですよ、本多先生は……。だからぐっとこらえてる。だけど……、柏倉先生のやり方が正しいとは思わない。でも一番間違いが少ない。だから従っているだけです。だけど、八奈見の親父が本当に、破れかぶれで民事でも刑事でも起訴するつもりなら、全力で止めます。頭だって下げる。だけどやっぱり、あの人は間違ってる。
本多　「だけど」とか「でも」とか、随分多いのね。
松野　……消去法で生きてるようなもんですからね。教師なんて。
本多　何か、甘いもん食べたら？　私、粉末タイプのブドウ糖、箱買いしてますよ。オススメ。
松野　……いいの？　その格好で。……それも演出？　柏倉先生の。あえていつも通りで。ですって。……まぁ他に着る服なんか、ないんですけど。

校長がドアを開ける。
妙に明るい日高が現れる。

校長　どうぞ。

日高　あ、どうもどうも。こんにちはーアハハハハ。
松野　……どうも。
日高　すみません勝手に。でも聞いちゃって。八奈見さん、また来るって？
松野　誰から聞いたんですか。
日高　本人。さっき急に保護者会のメーリングリストにメール流れて。もう、アッタマ来ちゃうな。勝手だよね、あの人。
松野　えぇ、まぁ。
日高　（物真似をして）お前ら、それでも教師か！　やめろ！　やめちまえ！　殺してやる！　絶対に殺してやるからな！　（やめて）……先週、駅前の焼き鳥屋さんあるでしょ？　あそこで大暴れしてましたよ。ビールジョッキぶん投げて、逮捕されかかってたって。笑える。
本多　聞きました。
日高　そのまま逮捕されちゃえば良かったのになぁ。（栄養ドリンクを机に置いて）はいこれ！　元気出していこう！　保護者会はみんな、本多先生。本多先生の味方です。

日高、煙草を吸い出す。
松野、睨むが、日高は気にしない。

本多　そろそろ八奈見さん、お見えになりますから……。

日高　大丈夫、あの人もタバコ吸うから。ってかあの人が吸うからここ、灰皿あるんでしょ？　ホントは全面禁煙だもんねぇ。教育委員会とかにバレたら問題だよね。

本多　あ、いえ、そろそろ、帰って頂かないと……。

日高　え？　あぁ、違う違う。帰らない。いる。そっか、え？　あれれ？　連絡してないのあのバカ？

本多　え？

日高　メール来たって言ったでしょ。急だけど来れる人来てくださいって、頼まれたの。あの人が頼んだの。

本多　……どうして？

日高　知らないよぉ。あの人が何考えてるかなんて。……僕ほら、仕事してないの僕だけでしょ？　だから代表して。応援しますよ！

本多　……ありがとうございます。

松野　いや、ダメでしょう、帰ってもらわないと……。

遮るようにドアが開き、怒りの形相の八奈見が入ってくる。続いて柏倉。

柏倉　どうぞ。

八奈見　（少し頭を下げる）

日高　あ。（煙草を消して）八奈見さん。本日はわたくし、同席させて頂きます。よろしいでしょうか。

八奈見、何も言わない。

柏倉　どうぞ。おかけになって。

八奈見、動かない。

沈黙。

不意に八奈見、ゆっくりと床に膝をついて、土下座をする。

一同、意味がわからず、見ている。

八奈見　……本日は、お忙しい中、お時間頂いてありがとうございます。お願いごとがあります。

異様な空気に、一同、どうしていいのかわからない。

八奈見　今まで、たくさん、私の……身勝手な振る舞いで、皆様に、ご迷惑をおかけしたこと、大変申し訳なく思っております。

今までの数々の無礼は、承知の上で、お願いごとをさせて下さい。

沈黙。

校長　……何でしょう。

八奈見　静を、……静を卒業式に、出席させて頂けませんでしょうか。

暗転。

9場　おじさんとの出会い

ぼくは鈴木に連れられて、例のおじさんがいるという不思議な空き地へとやってきた。

ぼく　いるかな。
鈴木　いるよ。
ぼく　大丈夫かな。
鈴木　大丈夫だよ。
ぼく　おかしな子どもだと思われないかな。
鈴木　おい君。

鈴木はぼくを殴る。

ぼく　殴ったね。

鈴木　殴ってなぜ悪いか。貴様はいい、そうしてわめいていれば気分も晴れるんだからな。

鈴木はぼくを殴る。

ぼく　二度もぶった。

鈴木　それが甘ったれなんだ。殴られもせずに一人前になった奴がどこにいるものか。

ぼく　鈴木くんの言う通りだ。しかしこうして、藪から棒に、鈴木くんにぶん殴られても、ぼくの右頬は大して痛んじゃいない。あの子のヘビーなパンチに比べたら、君の一発は蚊に刺されたようなものだよ。

鈴木　あとは君次第だ。状況に潰されるな。絶望を退ける勇気を持て。

ぼく　まったく、どうかしてやがるぜ。これでは道化だよ。

鈴木　ラー・カイラムでアクシズを押すんだよ！

ぼく　わかった！　行こう！

ふたり　（一歩飛び出して）おじさん！　こんにちは！

おじさんは壊れたテレビに腰掛けて、少し俯きながら、己の存在を森羅万象の中に溶け合わせ、寂滅させようとしている。
鈴木は子供らしく元気よく、しかし若干ハードボイルドに、叫んだ。

鈴木 片手にピストル、心に花束！　唇に火の酒、背中に人生を！

おじさん ……生憎だが。今日はもう店じまいだ。

鈴木 こんなに明るい満月の夜は、あんたの作るギムレットでなきゃ、俺のハートは寝付けそうにない。

もちろん空はさんさん明るい子どものうろつく午後の空だが、鈴木は夜を背負っている。
間。
おじさんはその重たい瞼《まぶた》を開け、鈴木の顔をじっと見た。

おじさん ……鈴木くんか。今日はどうした。

ぼく なに今の！

鈴木 ぼくとおじさんの合言葉さ。全部で一〇八パターンある。（おじさんに）実はね、おじさん。

おじさん 何も言うな。わかっている。……隣りにいる短パン小僧。貴様だな。

ぼく ……！

おじさん　私は今、忙しいんだ。三十秒やる。お前のすべてを、ぶちまけてみろ。
ぼく　えっ。

間。
ぼくは意味がわからない。

ぼく　……えっ？
おじさん　七秒経ったぞ。
ぼく　ちょっと待って！
おじさん　無理さ。砂時計を下から上に流せるか？
鈴木　これは試練だ。やるしかないよ。
おじさん　十、三秒。
ぼく　……ぼく、ぼく、ぼく、ぼく、ぼく、ぼくぼくぼくぼく、ぼく……。
おじさん　二十一。ブラックジャックだ。
ぼく　え？　何？　だってぼく、ぼく……。
おじさん　二十五秒。
ぼく　……ぼ、ぼくはぼくで、なくなってしまった！

おじさん　!!
ぼく　ぼくをどうにか、修理して下さい！

沈黙。
おじさん、立ち上がる。足元に転がっている聴診器を持つ。

おじさん　朝ごはんは、何を食べましたか。
ぼく　……めだまやき。
おじさん　それは、一つ目のめだまやき。それとも二つ目。
ぼく　一つ目のめだまやきです。
おじさん　君はおしょうゆで食べるタイプだろう。
ぼく　どうしてわかるの！
おじさん　見ればわかる。お見通しさ。そして今朝のめだまやきは、まるで塩化ビニールか匂い

つき消しゴムのような味がした。
ぼく　そ、その通りです！
鈴木　すごいや、おじさん！　やっぱりだ！
ぼく　消しゴムの味でした！

鈴木　消しゴムってやっぱり一度は食べちゃうよね！
おじさん　熱は！
ぼく　ありません！
おじさん　測ったのか！
ぼく　異変を感じたので、測りました！　が、平熱です！
おじさん　脈は！
ぼく　早い！
おじさん　血圧は！
ぼく　高い！
おじさん　血糖値は！
ぼく　湧き上がる何かを感じます！
おじさん　そして、今の気分は！
ぼく　うまく、言えません！
おじさん　言ってみろ！　言語化を諦めるな！
ぼく　じゃ、じゃじゃ、
おじさん　じゃ？　貴様いま「じゃ」と言ったか。
ぼく　私の心は今まさに空爆されたビルのごとく混沌と荒れ果て瓦礫にまみれ、しかしもうご勘弁下さい、空爆は止むことはなく、毎秒ごとに新たな爆弾が降り注ぎ続けています！

おじさんは聴診器を投げ捨てる。

おじさん　よく言った！　貴様は、健康だ！

ぼく　しかし、病気です！

おじさん　いかにも！　貴様の命は風前の灯火《ともしび》のように頼りなく、しかしその魂のロウソクはガスバーナーのように炎を吹き上げている！

ぼく　的確な表現です！

おじさん　少年、それは、お医者様でも草津の湯でも、世界最強・身長二メートルを超える屈強・剛毅なアメリカ海兵隊員でも叶わない……。

ぼく　叶わない？

おじさん　少年！　それは……、恋だ！

ぼく　こ……、恋!?

何か世界観が派手になる。

おじさん　恐怖におののけ。絶望に涙し、体中、不安に切り刻まれろ。貴様の心はぶっ壊れた方位磁石が東西南北をデタラメに指し続けるがごとく回転し、やんぬるかな、以後貴様の喉を通る食物は、桃源郷の桃でさえ砂利を噛んだような味しかすまい。そしてやがて衰弱して死ぬ。

ぼく　し、死にたくない！

おじさん　夜が落ちてくる。重たく暗いビロードの夜が貴様の頭上からしずしずと迫り来るその中で、しかしその宵闇を切り裂く灯台のごとくそそり立ち、燃え盛る一つの情熱を貴様は感じている。

ぼく　た、確かに！

おじさん　そう恋は沈む暗闇、しかし恋は世界を熱く明るく照らし出す灯台の光！

ぼく　そうです！

おじさん　試させてもらうぞ、少年！

ぼく　はいっ！

おじさんは素早く、しかし力強く、少年の股間を握りしめた！

鈴木　あっ！

ぼく　ちんちん！

遠く運んでゆく情熱の竜神！　ちんちんだ！

おじさん　これぞまさに恋の灯台！　無力な少年をその背に背負い、天高く、そしてどこまでも

ぼく　この力は⁉

おじさん　うむ！　力強い！

ぼく　ああっ！

どーんとでっかい、ちんちんが出てくる。

ぼく　すごい……！　力がどんどん湧いてくる！　もう誰にも、止められやしない！

おじさん　貴様は今、一匹の獰猛な野獣。荒く、危険で、野蛮な存在だ。しかし恋……。それは人の生み出せしあらゆる発明の最高傑作。恋の衣で野獣を包み、綺麗に飾り立てるのだ。

ぼく　よくわかりませんが、やってみます！

おじさん　生まれたばかりの情欲は野蛮だ。しかし恋、恋の力は、人を詩人に変え、少年に勇気をくれる。くれぐれも、行いと言葉に気をつけよ！　ちんちん。確かにこの力は偉大だ。しかし突き動かされるままに振る舞うな！　恋、それはこの世界で最も美しい音楽。己のためでなく、あの子のために少年、――生きてみろ。

ぼく　ハイッ！

鈴木　何だかすごい！　君、前よりずっと大きく見えるよ！

ぼく　ぼくの恋が走り出して、すっかりあの子が止まらない。こんなことになるとは思ってもいなかった！　今までずっと何を言っても間違いで、何をやっても場違いな気がしてたけど、これだけは確かに言える。――ぼくは！　あの子のことが！　好きだー！

鈴木　き、きみはとうとう、見つけたんだね！

おじさん　――およそこの、世界は舞台。小道具も衣装も揃わないまま板の上に放り出され、脚本のない一人芝居を強いられる。それは恐怖だ。しかし少年、こう考えろ！　己を忘れ、相手のために生きてみろ！　あらゆる名優は、そうして来たのだ。相手役を思えばこそ、行動に背骨が通り、言葉に息吹が宿る。誰かのためにやるから、うまくやれるのさ。

ぼく　はいっ！

おじさん　そして……、その術《すべ》を会得した瞬間。少年よ。貴様はもう、一人ではない。

ぼく　はいっ！

少年は風に吹かれている。

おじさん　さぁ少年！　今なら言える。言ってみろ！

ぼく　——DULL-COLORED POP　第十七回本公演『演劇』！　ここまではすべて、このおれの舞台の前説さ。すべて、忘れて下さい！　この恋の上演時間は、永遠。途中休憩はございません。

少年がタイトルコールを果たし、壮大な『演劇』がはじまった。
少年の背後でとぐろを巻く巨大なちんちんの中から、光り輝く新たな力が現れる。

ぼく　きみたちは？
右のきんたま　僕は、君のちんちんの、右のきんたま！
左のきんたま　僕は、君のちんちんの、左のきんたま！
左右のきんたま　きみはもう一人じゃない。ぼくたちがついてるぞ！
ぼく　ゆめあちゃん！　おれが必ず、君を救ってみせる！

左右のきんたまとちんちんは、急に邪悪な本性を見せる。

左のきんたま　なんて言って、あわよくばエッチしたいって思ってるんだろう。
右のきんたま　ぼく、もうこんなになってるじゃないか。素直になれよ！

おじさん　フォースの力の、ダークサイドに引っ張られるな。
左のきんたま　正直になれ！　まっすぐ、伸ばしていこう！　自分を！
ぼく　うわあああ！

何かぼくが光り、爆発する。

左右のきんたま　あっ！

左右のきんたまは、はじけ飛ぶ。

おじさん　何……！
ぼく　君たちの力は必要ない。ぼく一人で行く。
鈴木　やれるのか？
ぼく　やれるさ。あの子のためならぼく、世界中の大人すべてを敵に回したって、戦える！
おじさん　なるほどな……。

先ほどのゲームにおけるラスボスのＢＧＭが流れて、松野が姿を現す。

ぼくは一人、ジャージ上下の威圧感に立ち向かう。

ぼく　……先生！　先生も味方になってよ。ぼく、頭のいいことは言えないけど、あの子のこと、好きなんだ。

おじさん　先生か、手強いぞ。学校それは一般常識の塊。根拠はないが、大勢の意見は、強い！

鈴木　君……！　内申書にめちゃくちゃ書かれて、中学校で苦労するぞ！

ぼく　構うもんか！　自分のことなんか、どうでもいい。ぼくはあの子のため生きる！

松野　……松野。お前、カッコいいぞ。でもな。

ぼく　でも何さ！

松野　問題起きたら、責任とれんのか。

ぼく　うっ！

ぼくは正論の波動に打たれる。

おじさん　気をつけろ、正論だ！　ペースに飲まれるな。

松野　お前一人の問題じゃないんだ。

ぼく　うっ！

おじさん　正論は、確かに強い。しかし、正論ほどくだらないものはない！

松野　かえっていじめがひどくなったら、お前のせいだぞ。

ぼく　ぼくが守ります！　ぼくがすべての、責任をとる！

松野　……お前は、何もわかってない。子どもには、わからないことがあるんだ。

ぼく　……。

松野　先生は今、忙しいんだ。余計な問題、起こさないでくれよ。

ぼく　先生は子どもの味方でしょう？　みんなで考えて、力を合わせれば、できないことなんてきっとない！

ぼくはあの子を、式に出してあげたいだけなんだ！

10場　体育倉庫に転がってくる思い出

本多が松野に声をかける。

本多　松野先生。

本多は松野を、引っ張ってでも帰らせようとする。

松野　なに、なに、なに。

本多　仕事、続けて下さい。……松野先生が帰らないと、私も帰れないんですから。

松野　帰ればいいでしょう。

本多　書き終わったら読ませてもらいます。……お得意の「見える」とか「思える」とか、やめて下さいね。

松野　……？

本多　「マリアは静とうまくいっていなかったように思える」、「2組は学級崩壊とまでは呼べないものの、まとまりを欠いていたように見える」。覚えてますよ、ボツになった報告書。いい加減な推論。

松野　だって実際、マリアは静の悪口を、

本多　それはケイタがそう言いふらしてただけ。それもケイタがマリアに授業態度を注意されて逆恨みしてただけ。いじめとは関係ない。

松野　ように思える。

本多　は？

松野　それだって推論じゃないですか。何かあったのは間違いないんだから、一度全部テーブルの上に広げて、

本多　それで問題起きたら、松野先生責任とれるんですか。

間。

松野　だから静をクラスに戻さない。

本多　戻さないとは言っていない。あらゆる可能性を八奈見さんとＰＴＡに伝えた上で、

松野　僕は、出してやりたい。
本多　え？
松野　だって静が……。静なんです。バレーボールクラブで、三年間も一緒だった。担任じゃない、でも俺の教え子です。
　だからあの親父がいつものように俺たちのこと罵倒して、灰皿ぶん投げてくれりゃ楽だった。俺はモンペに対応する教師の役をやれば良かった。けど何言うのかと思ったら、静を式に出してくれ、でしょう？
　俺は、出してやりたい。
本多　それで問題起きたら、松野先生責任とれるんですか。それでマリアがまた何か言われて責任感じて卒業式に来れなくなったら？　自殺でもしたら？
松野　柏倉の台詞を繰り返すな。
本多　だって私も賛成だから。……私はクラス全員を愛しています。私たちは、子どもたち全員のことを考えるべきです。……松野くんは視野が狭いよ。
松野　だけど静は何も悪くない。
本多　悪者なんてどこにもいない。学園ドラマにでも憧れて教師になってんなら、やめた方がいいよ。（松野の手を引いて）……さ。書類を書け、書類を。

間。

松野はしゃがみこむ。

松野　子どもの頃のことを思い出していたんです。

本多　？

松野　あの頃観てたお話には必ず悪役がいたでしょう。教師になって三年くらいは怒り狂ってた。この忙しさは何だ。子どものためじゃなくて大人のために書く、この膨大な書類は何だ。子どもの顔より保護者の顔色ばかりを見てる、あいつは何だ。現場の自由はどんどん減ってる、なのに問題が起きればすべて教師の責任。子どもは甘やかしちゃいけない、けど厳しく叱ればすぐ親がすっ飛んでくる。

——悪党ばっかりだと思った。だけど、しばらく経つと気がついた。誰もやりたくて悪党やってるんじゃない。柏倉はああいう奴だろ。徹底的な事なかれ主義の管理主義。でもあいつも、教育委員会に睨まれてやらされてるだけの小悪党だし、教育委員会は文部省の方針で雁字搦《がんじがら》め。でも文部省だって成績を上げろ、ただし授業時間は減らせ、ゆとりだ、生き抜く力をつけさせろと子どもを持つ親たちに監視されている。

俺はもう、誰を怒鳴っていいんだか、わからない。

本多　そんなのみんな一緒。

松野　でも、じゃあどうして俺はこんな仕事やってんです？　何と戦ってんですか。

本多　知らない。

松野　気づいたら子どもの頃、あいつはとんだ大悪党だと思ってた大人と変わらないことばかり言ってる。言わされている。そして誰が俺にこんなことを言わせてるのか、その正体もわからない。
　本多先生。先生もそうでしょう？　俺たちは誰に、こんなことを言わされてるんですかね？　――様子を見ましょう。やれるだけのことはやった。問題起きたら責任……。

　　松野は言葉に詰まる。自分の言おうとした言葉を、噛み殺す。

本多　あと一週間でそれもおしまい。

松野　静のために何かしたい。

　　間。

松野　俺にも何か、やれることはないのか。

本多　書類。

間。

本多　いつもご協力ありがとう。でもこれは本来、松野先生には関係のない話なの。むしろ関係ないからこそ、私の代わりに八奈見さんに言い返してもらってる。でも、そこまでで十分。これ以上、引っ掻き回さないで。

本多、松野の手を引っ張るが、松野は動かない。

松野　俺は、間違った役をやらされてる気がするんです。

声　あっ！

日高が物陰から見ている。

日高　やばいっ！　ごめんっ！　いない、いない僕！　見てない、見てない！

松野　日高さん？

日高　ごめんね、チューしようとしてた？

松野　……あのもう十二時ですから敷地内勝手に入らないで下さい。
日高　いやちょっと内々にご相談したいことがありまして。うち、すぐそこでしょ？　職員室、電気ついてるから、もう足が。足が、行くなってていうのに、この足が。えいっ。えいっ。
本多　すみません、今日はもう遅いので、また明日、お電話ででも……。
日高　なんていって本多先生、全然電話出ないじゃない。
本多　……すみません、忙しくて。
日高　忙しい？　すみません。私は暇なんです。仕事してないから。
　でも忙しいからマリアのこと、ほったらかしにしてるって言うんなら、先生。あんたは僕以下だ。子どものことを第一に考えて。それが教師でしょ？

間。

松野　あんたの言う通りだよ、この、プータロー。
日高　は？
松野　コーヒーでも淹れてきてやろうか。

松野、去る。

日高はしばしあっけに取られていたが、ようやく怒りが言葉に結びつき、

日高　……この、ジャージ上下！　何なんだよ。何アイツいっつもジャージ上下なんだよ。そう言えばジャージ上下だよな、小学校の先生って。何でだよ、あの野郎、アイツとその一味め。ジャージばっか着やがって。いつからジャージ着てんだ！

本多　……皆さん、忙しいので。

日高　八奈見さんのことなんですけど。

本多　……。

日高　マリアに聞いてみました。……それとなく。それとなくね。あたかも僕の空想であるかのように。晩ごはん食べながら。麻婆茄子食べながら。あーおいしいなーこの麻婆茄子すごくおいしい、パパ元気が出てきたぞ、静ちゃんも元気になって卒業式出れたらいいねぇって。

本多　ふざけてんですか。

日高　絶対来て欲しくないって言ってました。なら死ぬ、でなきゃ殺してやる。

間。

日高　とは言ってないですけど。的なことをね。それはもう、取り乱してしまいまして。
本多　……やっぱり、マリアは静ちゃんのこと、
日高　だから前から言ってるでしょ。悪口くらいは言った。結構ひどいことも言った、死ねとかバカとか。だけど、ふざけて言ってただけだし、向こうも言い返してたからお互い様。……ってこと。今さら言ったりしないよね？　八奈見さんに。
本多　え？
日高　言わないよね。だって、十月に僕が先生に相談したとき、ひとまず落ち着くまで、事実関係の裏がとれるまで、黙っておこうって言ったの、先生だもんね。
本多　それはマリアが……、だって拒食症みたいになって毎日戻してるって言うから、
日高　そうだよ。毎日死にたいって言ってた。私が悪口言ったのは一度か二度なのに、みんなが私のせいにするって言って。毎日戻してた。本当だよ？　だから本当にさ、言わないであげて欲しいの。あの子のためにも。
本多　それは……。
日高　だってしばらく言わないでくれって言ったの、先生だよ。そうでしょ？　クラス中大荒れで、今は言うタイミングじゃないって判断したのは先生だよね。それを今さら言われたら、僕困るよ。僕が隠してたみたいになるじゃないか。
本多　そんなことは、

日高　ない？　そんなこと、絶対にない？　なら言わない。もう卒業なんだから。今さら犯人探ししたって、静ちゃんも喜ばないよ。

間。

日高　……ってことを確認したかっただけだから。
今さら言ったら、あんたおしまいだよ？　隠蔽してたのはあんただってことになるよね。
本多　……それは、
日高　そうだろう！　……そうなの。少なくとも、僕はそう言うからね。泣きながら主張するよ。だって僕はあのとき、正直に言ったんだから。

間。

日高　大丈夫！　元気出していこう！　保護者会はみんな、本多先生の味方だから。僕は急に、言ったりしない。
本多　ありがとうございます。
日高　元気出してー。（本多の胸をつついて）応援してるのよ？

本多、日高の腕を払いのける。
日高、本多をまっすぐ見つめる。

日高 やめてよー、怖い顔ー。美人が台無しだ。……リラックス、リラックス。楽にやってよね、楽に。

本多 はい。

日高 （本多の胸をもみながら）もみ、もみ。僕たちは、先生の、味方。

本多 ありがとうございます。

日高、ささっと離れる。
周りをキョロキョロ見る。

日高 誰か来ちゃうと、困るもんね。

本多 ……。

日高 こういうとき、ドラマとかだとさっきのジャージが戻ってきて、僕をぶん殴ってくれる。でも実際、あるからね、そういうの。いないかな？　本当に。

沈黙。

日高　いない。インスタントじゃなくて、わざわざドリップで、淹れてくれてるんだろうなぁ。嬉しいね。

本多　（本多に近づいて）もみ、もみ。（離れて）きゃー。ごめんごめん。いや先生ホント、美人だからさぁ。先生がいけないんだよ？

日高　お話はよく、わかりましたので。私は、私のためじゃなくて、マリアのために黙っていただけですので。

日高　もちろんだよ。僕もそう信じてる。

本多　私のためじゃなくて、マリアや……、静のために、どうすればいいのか考えます。

日高　言うなよ。今さら。

コーヒーを二つ持って、松野が戻ってくる。

松野　いいですか。

日高　どうぞどうぞー、終わりました。

松野　あぁ、そうですか。
日高　ありがとう。でも飲むよ。せっかく松野先生がドリップで淹れてくれたんだ。（一気に飲もうとして）あっち！　でも飲みます。あっち、あっち！　おいこれインスタントじゃないの！
松野　早く帰って下さい。
日高　（一気に飲んで、大いにむせる）エッホ、エッホエホ！　失礼しました！
松野　娘さん思いなのはわかりますすけど、あまりこういう……。
日高　あの子のこと守ってやれるのは、僕だけだから。
世界中すべてを敵に回したって、僕が守る。
……じゃ、明後日。よろしくお願いしまーす。

日高、去る。
松野、本多にコーヒーを差し出して、

松野　どうぞ。
本多　いい。
松野　よくもまぁあんな、大見得切って、言えますね。あんな……。

本多　……。

松野　あの人、いろいろデタラメだし、実際問題迷惑だけど。娘さん思いなとこは憎めないって言うか。正直な人なんでしょうね。

本多、松野をじっと見つめる。

本多　あの人は悪党です。

松野　え？

本多　そしてお前も、悪の一味だ。

本多、立ち去る。

松野はあっけに取られている。

松野　あの子のこと守ってやれるのは、僕だけだから。……世界中すべてを敵に回したって、僕が守る。

松野の瞳に、ぼくと鈴木の大冒険の続きが去来する。

11場　恋の翼

鈴木　行くのかい、君。
ぼく　もちろんさ、鈴木。あの子のこと守ってやれるのは、僕だけだから！
鈴木　しかしとんだ豪邸だぞ。恐いぜ、金持ちを敵に回すと！
ぼく　構うもんか。世界中すべてを敵に回したって、僕はあの子を守る！

ピンポーン、ピンポンピンポーン。

鈴木　どうする？　返事がないぞ！
ぼく　ごめんください、夢野さんのお宅はこちらだな！　隣のクラスの、松野です！

ピンポーン、ピンポンピンポーン。

鈴木　やっぱりだ。返事がない。きっと株主総会に行ってるんだ。帰ろう！
ぼく　（塀を見上げて）高さ約三メートル。ならばこうだ！

ぼくは壁をよじ登る。

鈴木　おい君ー！　……ちっ、無茶する奴だぜ！

♪合唱曲『マイバラード』が流れる。

鈴木　大丈夫か？
ぼく　あぁ。爪を二、三枚持ってかれただけだ。
鈴木　君！　血だらけじゃないか！
ぼく　行くぞ！　（遠くを指差し）あの木を伝って、あの子のベランダまで行けるはずだ！

ワンワンワン！　犬の吠える声がする。

鈴木　まずいぞ！　腹を空かせたブルドッグが三匹、それに血に飢えたドーベルマンがひい、ふう、みい、十匹以上も放し飼いにされてる！

ぼく　あの木まで、走って十五秒。振り切れるか？

鈴木　訓練されたドーベルマンの足は時速五十キロにも達するという。逃げきれない！

ぼく　鈴木くん、君がおとりになってくれるか。

鈴木　えっ。

ぼく　すまんが、君の命をくれ！

鈴木　わかった！

わー。鈴木は死ぬ。

ぼくは猛ダッシュして、木にたどり着く。

ぼく　ついた！　登るぞ！　(登りながら) よいせ、よいせ、よいせ。今行くぞ、夢野さん！　よいしょー！　しゅたっ。登り切った！

夢野さん！　ぼくだよ。ぼくが、迎えに来た！

あの子が出てくる。

あの子　あなた全く、デタラメね！　どうやってここまで来たの？　庭の塀は？
ぼく　恋の翼で飛び越えました！
あの子　誰の手引でここへ？
ぼく　恋の手引で！　あと、鈴木くんの手引で！　恋は、何でもやってのける！
あの子　鈴木くんは？
ぼく　帰ったよ。
あの子　見つかったら殺される。
ぼく　さあ、行こう！　ぼくたちの卒業式がはじまる！
あの子　あちしが行ったら殺される。
ぼく　ぼくがずっと、手を握っててあげる。さぁ！
あの子　でも……。
ぼく　みんなで、歌おう！　心を一つにして！

あの子は耳に飛び込んできた言葉にハッとする。

あの子　あなたさっき、コイって言った？

ぼく　言った。
あの子　コイって、どのコイ？　お魚の？
ぼく　いいや。その鯉じゃない。この世で一番、美しいもののことさ。
あの子　ごめんなさい。私まだ、そのコイは知らないの。
ぼく　ぼくだって知らなかった。だけど君が、教えてくれた！
あの子　何にも知らない、私から？
ぼく　そうさ。おじさんも助けてくれた。だから今、ぼくは、言うべきことがわかっている。腹の底から声を出して、世界中に叫んでやる。
ぼく！　まつのだいきは！　きみのことを、愛しています！
あの子　!!

キラキラキラ！
あの子、立ち上がる。

ぼく　ゆめあちゃん！　君……、立てた！　立てたじゃないか！
あの子　あちし、あちし、立てた！　立ててる！　これは夢？
ぼく　夢じゃない、これが愛だ！　愛は、何でもやってのける！

あの子　ゲホゲホ、見て！　あちしもう、血反吐《ちへど》が出ない！　これも夢？

ぼく　夢じゃない、それが愛だ！　一人でする恋は病、でも二人で行う愛は、奇跡だ！

あの子　これは奇跡！

ぼく　そして奇跡は、起きてしまえば現実の一部！　……さぁ行こう。僕たちの卒業式がはじまる！　こんなハードル、軽々と飛び越えよう！

あの子　でも、あちし、立ったばかりよ。もし飛び越えられなかったら？

ぼく　ゆめあちゃん。覚えておいて。——ハードルは、飛べなかったら、なぎ倒してもいいんだ！

あの子　なるほど！

ぼく　行こう！　この手をぎゅっと握りあっていれば、ぼくら空だって飛べるんだ！

二人は手をつなぐ。

そして空を飛ぶ。

12場　最後の応接室／事前の職員会議

「八奈見が訪れた応接室での会議」と、その直前に行われた「事前の職員会議」のシーンが交互に、カットチェンジしながら上演される。

登場人物は、校長、柏倉、本多、松野、古川（スクールカウンセラー）、並木、日高、そして八奈見。

◎最後の応接室1

校長　校長の島本です。
柏倉　1組担任、学年主任の柏倉です。
本多　2組担任の本多です。
松野　3組担任の松野です。

並木　養護教諭の並木です。
古川　スクールカウンセラーの古川です。
柏倉　今日はご足労、ありがとうございます。／限られた時間ではありますが……
八奈見　どうか静を、卒……

二人の言葉が重なるが、柏倉は発言を譲らない。
一呼吸置いて、柏倉。

柏倉　……遮って失礼。限られた時間ではありますが、誠心誠意、お話をさせて頂ければと、

◎事前の職員会議1

柏倉　本多は謝る、嘆く、理解を示す。絶対に言い返さない。松野がかばう。それを俺がたしなめる。いつも通りだ。
松野　お断りします。
柏倉　並木先生は勝手に喋らない。意見を求めるときは、私から振ります。
並木　お断りします。

柏倉　校長？
並木　それでも私は、発言します。
柏倉　並木先生、これは意見交換会ではありません。業務の一環として、本校の職員の一人として、くれぐれも慎重に、
並木　それでも私は自分の意見を、信念を、発言します。
柏倉　校長？
校長　もちろんです。
柏倉　本多先生、保護者との連携は？
本多　大丈夫です。
柏倉　古川さんはあくまで公平・中立・客観的な観点から発言するに留めて下さい。
古川　わかりました。
松野　一体何が始まるんです。怪獣退治でもやろうってんですか。
柏倉　松野！　いいねその表現、芯食ってるよ。長引けばこちらが不利だが、下手に刺激すればあの親父、マスコミ、警察、起訴・立件、いくらでも火を吹くぞ。そして駅前や校門でビラが撒かれ、焼き鳥屋が破壊される。そんな怪獣を、撃退するんだ。
　一時間で仕留めよう。体育館で自主練してんだって？
本多　木戸くんが中心となって、

柏倉　前言撤回、三十分で仕留めよう。練習、見に行ってやりたいもんな。

八奈見　どうか静を、卒業式に、出させてやって頂けませんでしょうか。

間。

◎最後の応接室2

柏倉　もちろん我々も、できる限り力になりたい。その思いは一緒です。

八奈見　なら、

並木　まず私から、静ちゃんの容態についてお話しても？

一同、誰が答えていいのかわからず、沈黙する。

八奈見が答える。

八奈見　お願いします。

並木　ありがとうございます。……八奈見さんから医師の診断書とお手紙をお預かりしています。

まず幸いなことに現在、静ちゃんご本人の意識ははっきりしており、身体も回復傾向にある。長く意識が戻らなかったのは、脳の異常によるものではなく精神的な要因と見られる。まだ手足や顔面に麻痺が残っているものの、リハビリがうまく行けば、いずれ自分の足で歩くこともできるようになる見込みが高い、とのことで。

八奈見　とてもいい先生方です。静のことを、全力でバックアップしてくれています。卒業式当日も、主治医の先生と看護師の方が付き添って下さると約束してくれました。

柏倉　しかし、病院を離れるのは……。

八奈見　問題ありません。経過が順調なら、月末にも退院して自宅療養に切り替えます。奇跡はあるんです。先生方も、言語障害は残るだろうと言っていたんですが、昨日の夜、ついに喋ったんです。信じられますか？　はじめてあの子が喋ったときの、何十倍も嬉しかった。

並木　静ちゃんは、何て？

柏倉　並木先生。

八奈見　……喋った内容ですか？

並木　差し支えなければ。

八奈見　……「あ」、「あ」、と。それだけ。

本多はこらえ切れず、顔を伏せる。

柏倉　しかし、急に式に出るというのは、精神的にも相当なストレスに……？

八奈見　なりません。

柏倉　お父様がそう仰っても、

八奈見　静の意思です。本人がそう言っています。

柏倉　言っている？　どうやって。

八奈見　指で話ができるんです。

柏倉　指で？

八奈見　はい。質問をして、答えが「はい」なら指を動かす。「いいえ」だと動かさない。間違いはありません。学校の問題を出しても答えられる。3たす4は7、「はい」。三角形の面積は、底辺かける高さ割る、「2」。この場合、二度動かします。しかし例えば、アメリカの首都はニューヨークだ、これには絶対反応しない。

お名前は？　八奈見静。「はい」。学校に行きたい？　少し動く。授業に出るのか？　動かない。クラブに行きたい？　動かない。友達に会いたい？　少し動く。卒業式に出たいのか？　「はい」。

あの子はもう、何でも答えられるんです。

◎事前の職員会議2

柏倉 では情報共有の続きを。並木、本人の容態について何か？

並木 お答えできません。

柏倉 分厚い封書が届いてただろう。

並木 お答えできません。お父様の許可があるまでは。プライバシーに関することですから。

本多 私にも、

並木 読ませないで欲しいと。

柏倉 ほら始まった、よかったな並木。あの親父の手記にはきっと、美人で勇敢な保健室の先生が出てくるぞ。

古川 私からもよろしいですか。

柏倉 子どもたちの状態。

古川 専門医による診察が必要と思われるケースが二件。いずれも2組のヒダカ・マリアとソノハラ・ウミ、本多先生もご承知でしょうが深刻です。他にPTSD診断基準を満たす症状が十三件。クラスで自殺未遂があった場合、当人同士の接触は当人同士の希望があった場合でも極めて慎重に判断する必要があります。

柏倉 98点。古川さん、あくまで公平・中立・客観的な発言を心がけて下さい。

古川　何がでしょう。

柏倉　わかれよ。今何つった、自殺未遂？　それは学校が作成した報告書には書かれていない言葉ですし、警察発表でも断定は避けています。

古川　首吊りでも？

柏倉　首吊りでも。遺書がなく明確な動機がない場合は、子どもの場合に限らず事故・事件・または不審死と表現するのが法的にも正しい。法律的に正しい言葉遣いをお願いします。

古川　わかりました。

松野　柏倉先生、スクールカウンセラーの発言には独立性が認められているはずです。

柏倉　もちろん。私の意見は意見として、古川先生はご自由に発言して頂いて結構です。

古川　わかりました。

◎最後の応接室3

八奈見　お願いします。

並木　私は静ちゃんの出席に賛成です。ご本人の意思を尊重すべきです。

柏倉　並木先生。

並木　何でしょう。

柏倉　その前に、本校担当のカウンセラーの古川さんからも、現状を。

古川　わかりました。

……専門医による診察が必要と思われるケースが二件。他にPTSD診断基準を満たす症状が十三件。クラスでこのような事件があった場合、当人同士の接触は当人同士の希望があった場合でも極めて慎重に判断する必要があります。

八奈見　是非、そのようにお願い致します。

古川　と言うと？

八奈見　他の生徒の心理的なケアは、私にはできません。どうか、先生方皆様のお力添えを頂いた上で、一〇二人揃っての卒業式をお願いしたい。

柏倉　慎重に事を運ぶ必要がありますね。

八奈見　もちろんです。そのために、お力添え頂きたい。

沈黙。

八奈見　お願いします。

沈黙。

八奈見　本多先生？

本多　……先ほど、カウンセラーの方から説明があった通りの状況ですので、静ちゃんのためにも、２組全体のためにも、何からはじめていけばいいのかということを、

八奈見　何から？

本多　えぇ、ですから、

八奈見　それならこうです。是非とも今日、ここで、先生方のご裁可を頂く。まずそれが第一歩です。そして今すぐにでも動き出して頂きたい。

並木　賛成です。そもそも静ちゃんもお休みしているだけで、この学校に通う児童の一人です。卒業式に来なさいと言うことはできても、来るなと言うことはできないはずです。

柏倉　もちろんです。だからこそ、今こうして、慎重に一つずつ話し合い、

並木　話し合い？

柏倉　そうです。話し合い、

◎事前の職員会議3

柏倉　話し合いを目的にするな。解決することを目的にしろ。そして解決は、八奈見の親父を引

き下がらせることを置いて他にない。

松野　いくら何でも今のは暴言でしょう。

柏倉　八奈見の親父と和解は不可能だ。決裂はもう決まっている。俺にも息子があるからわかるけどな、子どものためとなったら親は引かない。気違いになる。

（松野に紙を差し出し）ほい。

松野　また台本ですか。

柏倉　三十分立ったら切り出せ。俺が席を立つ。それがきっかけだ。いよいよ手がない、進退窮まったという空気の中で切り出すんだ。

並木　私も付き合いきれません。上に報告します。

柏倉　しろよ。（紙を示して）学校としての見解だ。それを親に伝える、それだけだ。むしろ一番安全な発言だろう。

（松野に再度、差し出し）お前が言う分には、俺がフォローに入れる。この場合、逆は成立しない。それにお前は三年間、バレーボールクラブで八奈見静と一緒だった。担任の本多よりなついてたくらいだ、それは八奈見の親父もよく知っている。お前が言うから意味がある。この役割は、お前にしかできない。そうだろう？

松野　僕は三年間、バレーボールクラブで八奈見静と一緒でした。だからこそ静を、本当は、卒業式に出してやりたいと思っています。

本多　（ＰＨＳを示して）お見えになったそうです。
柏倉　三十分で切り出せ。俺が席を立つ。それがきっかけだ。
松野　できません。

間。

柏倉　松野先生。
松野　はい。
柏倉　今まで本当に、いろんなことがありました。
松野　……。
柏倉　だけどここが最後の山場です。私一人でも、本多先生一人でも乗り切れない。松野先生の協力が必要なんです。
松野　俺はもうこんな、あんたの書いた筋書き通りにやりたくない。
柏倉　その場合の結末を、松野、お前は俺に言わせたいのか？
松野　わかってますよ、言われなくたって。
柏倉　松野な。俺はもう、本当におしまいにしたいんだよ。あいつのせいで、この学年の他の一人は多くの物を奪われた。校門前であいつが配ってたビラ、覚えてるか。「娘は殺された、殺人者を許すな。」俺は理解できない。
俺は行くぞ。それともお前は遅れて入るか？　余計に切り出しにくくなるだけだけどな。
——わざと遅れて入って挑発するのも手だな。ひと暴れしてくれりゃゲームセット、一発か二発手ぇ出させたとこで、このようなことにもなり兼ねませんので、学校としては……。
そこまでやったら、お前も役者だな。

◎最後の応接室4

八奈見、「ドン」とテーブルを叩く。

八奈見　何分黙り込んでるんです！

本多　申し訳ありません。

八奈見　難しい状況だ。慎重に。冷静に。私だってわかっています。でも、できることはある。慎重に、一人一人と話をする。冷静に、問題が起きたときの対応を検討する。何故それをしないんです。

柏倉　ご本人に、いじめのことについては？

八奈見　聞けますか。今の状況で。

柏倉　まずそのことについて、じっくり調査してみないことには、

八奈見　卒業式は明後日です。

柏倉　ですから、そのことがはっきりしない限りは、

八奈見　いじめがあった場合。なぜ静が、静の方が式を休まなければならないんですか。なかった場合。なぜ静が、式を休まなければならないんですか。

柏倉　しかし、

八奈見　しかしもかかしもない！　本当なら私だって、犯人を聞き出して、警察署でも裁判所でも突き出してやりたい。しかし、それはしません。静はただ、卒業式に出たがってるんですから。

柏倉　……しかし、もし、もしですね。

日高　ドンはないよなー。ドンは。

間。

柏倉　何でしょう。

日高　あ、いや、今さっきドンってやったでしょう、この人。ああいうのさえなければねぇ。

柏倉　どういうことでしょう。

日高　ドンは、あるからなぁ。この人。あるでしょう？　ありますよね？　ないって約束できますか？

八奈見　約束します。

日高　じゃ、ドンってすんなよ！　しただろ、今！

八奈見　……申し訳ありません。

八奈見、深々と礼をする。

日高　謝りゃいいってもんじゃねぇだろ！　取り返しがつかない。ドンってされたら、取り返しつかないよ。怯えちゃってんだよ、みんな。子どもたち。うちの子死にたいなんて言ってんだよ。どうしてくれんの。

八奈見　大変、失礼を、

日高　保護者会は全員一致で反対です。ドンだもん、この人、気に入らないこと一つあったら。例えば静ちゃんの名前呼ばれてさ、そんとき仮にだよ、仮にクスクス笑い声起きたり誰か泣いたりしたとしてさ、どうなると思う？　きっと体育館の上空をパイプ椅子が飛ぶよ。誰だ！　誰だ今の！　殺してやるー！って。

間。

柏倉が、立ち上がる。松野の方を見る。

日高　返せよ！　うちの子の笑顔を返せ！　ユーモアを返せ！　一緒にゲームとかしてたんだよ二人で。もうできない、プレステ埃被っちゃってる。（何か紙を差し出して）ハイこれ覚えてるか、あげるから思い出せよお前自分で撒いたビラ。「殺人者を許すな」。いねぇよ殺人者なんか！　むしろお前だよ、お前！　お前がうちのマリアの笑顔の殺人犯だ！

八奈見、立ち上がる。

日高　お、やんのかテメェ俺だって中学の頃はグレてたんだからな、ガツンと行くぞガツンと！
八奈見　大変、ご迷惑をおかけ致しました。

八奈見、深々と頭を下げる。
日高、丸めたチラシで八奈見の頭を引っ叩く。

日高　反省しろ。暴力野郎。暴力猿。暴力ゴリラ。知ってるぞ。お前、殴ってたんだろ静ちゃんのこと。それだよ原因、絶対にそのせい。こうやって、バンバン殴られて。それで首吊ったんだ。お前のせいだ。

松野　日高さん。それはただの噂で、

日高　止めるな！（自分の頭を殴って）痛くねぇもん、この程度！　こんなペライチ！　痛くない！　痛くなーい！

並木　日高さん。

日高　保護者会は全員一致で反対です。

日高、座る。八奈見はまだ頭を下げている。

並木　八奈見さん、頭を……。

日高　上げるなよ。一日中下げてろ。２組の三十二人、全員のとこいって、やって来いそれ。そしたら考え直してやる。

松野　八奈見さん。上げて下さい。

日高　は？

松野　机を叩いただけです。そこまで、

八奈見　日高さんのお許しを頂くまでは。このまま。下げ続けさせて頂きます。どうか、ご協力

を、お願い致します。

間。

松野、日高に深々と頭を下げて、

松野　日高さん。お願いします。話し合いを先に進めるためにも、どうかここは一つ。私からもお願いします。

日高　……わかったよ。上げろ。……上げろって言ってんだろ！

八奈見　机を叩いたこと。お許し頂けますでしょうか。

日高　許すとか許さないとか、そういう問題じゃねーの！

八奈見　でしたら……。

松野　日高さん。……お願いします。

日高　……二度と叩くなよ！　器物損壊！　机にも謝れ、机にも！

八奈見　……（机に向かって）申し訳ありませんでした。

沈黙。

日高　バカじゃねーの。上げろ、上げろ！　（松野に）お前もだよ、ジャージ上下！　俺が悪者みたいじゃないか、やめろッ！

松野と八奈見、それぞれゆっくり、頭を上げる。
松野は座る。八奈見は座らない。
そしてもう一度、八奈見、深く頭を下げる。

八奈見　もし。今までの数々の私の振る舞い。それが、それこそが問題と仰るのでしたら。私は式には同席、致しません。ご希望とあらば、この両手を根本から、切り落としても結構です。死ねというなら死にます。死んでみせます。

柏倉　何もそこまで、

八奈見　そこまでのことなんです。静は……、私は責任を感じています。親として、異変に気づいてやれなかった。悩みに気づいてやれなかった。確かに昔、あの子に手を上げたことがあります。一度や二度ではありません。これも静のためだと、あの時は思っていましたが……、もしそのことも事件の引き金になったのだとしたら、私は……。
大変、申し訳ありません。この通り、どうかご勘弁頂きたい。その上で静、静のために何か、何でも……。あの子のことを守ってやれるのは、私だけなんです。

間。

松野が立ち上がる。

柏倉　松野先生。何か、ご意見が。

松野　はい。

柏倉　よろしいでしょうか。

八奈見　お願いします。

松野　私の今の、正直な気持ちを、お話させて頂いてもよろしいでしょうか。

柏倉　松野先生？

八奈見　お願いします。松野先生。ありがとうございます。

松野　……正直な気持ちを、お話します。私は、

日高　正直な気持ちを、話すなッ！

松野　……。

日高　お前の正直な気持ちなんか聞きたくない。どうにかしてくれよ、これ。こいつ。いいか、じゃあ俺も言うぞ、正直な気持ち。超正直だぞ、驚くなよ。これだ！　――人んちの子のことなんか、どうでもいい。だけどな、そこまでは。そこまではさすがに言わねぇよ俺だ

って。仕事してないけど。仕事してないからこそ、俺はさぁ、あの子の父親役と母親役、どっちも任されてんの。だから言わない。言っちゃったけど、言わない。ちゃんとやりたいの、親。できてないけど。なのに何でお前が言うの？　関係ねぇじゃんお前！

柏倉　日高さん。

日高　3組の担任は黙ってろよ。これは2組の話。部外者はすっこんでろ。

八奈見　松野先生には、バレーボールクラブで三年間、お世話になりました。家でよく、先生の話を聞きました。恐いけど好きだと、嫌いだけど信頼してると。
　聞かせて下さい。

間。
松野に集中が集まり、重圧が重なる。しかしそこで、

並木　その前に確認させて下さい。

間。

並木　殴ってたんですか。八奈見さん。静ちゃんのこと。

八奈見　……はい。それは、事実です。
並木　問題じゃないですか。
八奈見　申し訳ありま／
並木　どうして今まで黙ってたんですか。あなたまでずっと、嘘ついてたんですか？　私に？
八奈見　それは。
校長　私もその報告は受けていません。どういうことでしょう。知っていましたか、柏倉先生？
柏倉　いいえ。
校長　本多先生。
本多　いいえ。
校長　松野先生。

間。

校長　「ただの噂だ」と言って、八奈見さんをかばっていましたね。知っていたんですか。
松野　……噂では。
校長　なぜ報告しなかったんです。この問題に関しては、どんな些細なことでも、細大漏らさず報告するよう厳命したはずです。まして、こんな重大なこと。

松野　……証拠はなかったので、

校長　わかりました。（八奈見に）――失礼しました。これは、我々の問題ですので。（松野に）後で詳しく、聞かせて下さい。

……失礼。そうでした、松野先生の正直な気持ちを聞くところでした。松野先生。どうぞ。

間。

松野　……八奈見静のことは、バレーボールクラブで三年間、見続けていました。ですから、

柏倉が立ち上がる。一同、その意味に気がつく。

松野　……正直に言えば、式に出させてやりたい、と、そういう気持ちはあります。

本多が立ち上がる。

本多　それがベストだという思いは、私も同じです。

松野　……もちろん式は、一〇二人全員のためのものです。心のケアのためには、我々教職員が

一丸となって当たる必要があります。

古川が立ち上がる。

古川　その通りです。簡単なことではありません。慎重に進めていく必要があります。

松野　……しかし、だからと言って、一人の子どもの希望を、見捨てていいわけがない。そうでしょう？　まして静は……。何ができるのか三日三晩自問しました。本当に難しい状況です。自分は教師として、静に何がしてやれるのか。教師とは一体、何をする仕事なのか。

校長が立ち上がる。

校長　教師である限り、その問いかけは永遠に続いていきます。私だってもうこんな年ですが、何一つ答えなんて見つかっていません。悩み続けるだけです。教師である限り。

八奈見　これは私の勝手な思い込みかもしれませんが。静はきっと、誰のことも恨んでいないんだと思うんです。もしかしたら、明らかないじめは、ハッキリとしたいじめはなかったんじゃないかとさえ思うんです。今さら何をと言われるかもしれませんが、だって、そうでなかったら、行きたいなんて言い出しますか。だから私も、私も、今までの自らの行いを

恥じて、

並木が立ち上がる。

並木　八奈見さん。今は、松野先生の話を聞きましょう。

間。

一同、松野を見る。

松野　だから、だから私は……、

日高が（偶然だが）立ち上がる。

日高　いつまで喋ってんだよ！　気持ち悪い。あんたの正直な気持ちなんか、どうでもいいの。学校として、どうするかって聞いてんだよ！

柏倉　日高さん。

間。

柏倉　……しかし日高さんの憤りも、ごもっともです。松野。早く最後まで言え。大丈夫、心配するな。言ってみろ。

間。

松野　……学校としては、反対です。不測の事態が起きたとき、責任が取れません。他の児童の心理的な不安・動揺を考えた場合、慎重にならざるを得ません。

八奈見　……すみません。よく聞き取れませんでした。もう一度、お願いできますか？

松野　……学校としては、

八奈見　学校じゃない。あんたの意見を聞いてるんだ。

松野　……私としましても、……。

八奈見　しましても？

応接室の外から、子どもたちの練習する♪『翼をください』が聴こえてくる。

八奈見　しましても？　何だ？　言ってみろよ、先生。松野先生！

松野　……私としましても、賛成できません。不測の事態が起きたとき、責任が取れない。他の

児童の心理的な不安・動揺を考えた場合、

八奈見　この、大嘘つき！　言ってることムチャクチャだぞお前！（と胸ぐらを掴む）

松野　誰も考えてない。誰も静のこと、考えてないじゃないか。

八奈見　俺は考えてる！

松野　じゃあこの手は何だ。この手！　誰も静のこと考えてない。誰も。

柏倉　やめろ松野！　だけどね、お父さん。こうやってまた……。

八奈見、松野を殴り飛ばす。

柏倉　八奈見さん。

校長　本多先生並木先生、職員室戻って警察呼んで。

並木　はい。

本多、並木、立ち去る。

八奈見　呼べよ、警察！　洗いざらい言ってやる。警察にも、マスコミにも。いいのか？　それで。……言うからな！

柏倉　お父さん。落ち着いて。

八奈見　お前らが悪いんだ。俺はこんなこと、言いたくなかった。言いたくなかったんだが、言うぞ。お前らが俺にこう言わせるんだ。俺は警察にもマスコミにも言う。静は何も、何も悪くないのに……。

（窓を開け、窓の外に向かって）歌うな！　歌なんか、歌うな！　クソガキどもが、人の娘自殺させといて歌なんか……。

13場　ふたりの会話

ぼくが飛び出してきて、松野に叫ぶ。

ぼく　おい、お前、そこの、死んだ魚のような瞳をしたデクノボウ！　そこを通してもらおうか。
松野　通すわけにには、いかねえなあ。
ぼく　貴様！　身なりこそジャージ上下、しかし、あのジャージ上下ではないな。何奴！
松野　俺はお前さ。少年。通りたければ、まず俺を殺せ。
ぼく　お前が俺？　嘘をつくな！　ぼくは絶対、そんなジャージ着ない！
松野　フハハハハ、お前もいずれ、こうなるのさ。悪の一味の軍門に下り、この世界を呪いながら、悪の組織の雑魚《ざこ》キャラとして、やられ役を演じるんだ。
ぼく　ならば死ね、中年！　誰にでも自分にしかできない役割がある。
松野　もしも世界が舞台なら、俺はせいぜい脇役か、その舞台に雑巾がけする裏方だ。主役だと言って呼ばれてきたら、気がついたら掃除ばかりやらされてる。

ぼく　雑巾がけも立派な仕事だ。胸を張って生きてみろ！

松野　そうさ、俺はこの雑巾がけで、おまんま食って生きてるんだ！　自分で自分の食い扶持《ぶち》も稼いでいない、てめぇみたいなクソガキより、遥か偉大に人間している。

フハハハハ！　冥土の土産に教えてやろう。貴様も所詮は運命の傀儡《かいらい》。その台詞を全部書斎でこしらえて、しかも自分で考えたように言わせてる、姿の見えない黒幕がいる。そいつは立派な登場人物のくせしやがって、絶対に板に出てこない。影でこそこそ、台詞を書いて演出して、俺たちに言わせている。

ぼく　話が長い、死ね中年！　ぼくはやっと、喋るべき言葉、演ずるべき役割を手に入れたんだ。そしてぼくたちの卒業式が幕を開ける！　ぼくはあの子を、必ず幸せにする！

松野　ウゴゴゴゴ、ファ、ファ、ファ！　いずれお前も、この仕組まれた演劇の、複雑さに気がつくだろう。あたかも自分で喋っているようでいて、事前に用意されている。用意されてるようでいて、あたかも自分で喋っているような気さえする。

それが、演劇だ。

ぼく　ぼくは君を信じない。だって今ぼく、自由かつ本当だから！　誰かのために生きるから、夢と自由を生きられる！　自分の役が見つかれば、君も必ずぼくらのように、夢と自由を生きられる！

それが、演劇だ！
だから、叫ぼう！　この人生の、タイトルコールを！　すべての人が、この人生の主役なんだ！

ぼくは光輝き、センターを取り、大声で、『演劇』の始まりを告げる。

ぼく　DULL-COLORED POP　第十七回本公演『演劇』！

谷賢一　最後までごゆっくり、お楽しみ下さい。

『演劇』は終わる。
しかし演劇は終わらない。
ぼくは恍惚と、スポットライトを浴び続け、松野はゴミでも拾ってろ。

全肯定少女ゆめあ

登場人物

ゆめぁ　本作の主人公。本編の終了後、新世界の神となり世界を救った。

たっくん　ゆめぁの好きな人。すごく足が速いし、何でも速い。本編終了後、野犬に噛まれて死亡。

さきちゃん　ゆめぁのお友達。性格ブス。サンタはいない派。

近藤くん　ゆめぁのお友達。サッカーと巨大ロボットが大好き。病気の妹がいる。

楡井《にれい》ちゃん　ゆめぁのお友達。おしゃれな女子小学生ファッション誌「ニコ☆プチ」で読者モデルをしている。去年の暮れ頃、気がついたら父親が別の人になっていた。

大原くん　ゆめぁのお友達。近所のガキ大将でとっても乱暴だが、誰よりも友達思い。実家は雑貨屋。妹がブス。

堀さん　ゆめぁのクラスメイト。お友達と言うほどではない。

ママ　ゆめぁのママ。アル中。水商売をしながらゆめぁの児童ポルノを売りさばいている。

先生　ゆめぁの担任の先生。変な帽子をかぶっている。実は会員制のデリヘルで働いている。

男　ゾンビ化した派遣社員。世の中を憎んでいる。

女　外資系ＯＬ。東大文Ｉを卒業後、マッキンゼーに就職。経験人数は３人。

変態　日々ちんちんが巨大化していく百万人に一人の奇病・でかちんちん病に罹患している。

兵士　何かと戦っている。

ワニ　ワニ。経堂のマンションでペットとして飼われていたが、逃げ出して野生化した。柔らかい子どもの肉と、丸大ハムを好んで食べる。

詩人　詩人。

0、神さまの下準備

暗転中。松任谷由実の名曲『♪やさしさに包まれたなら』のイントロが流れ、透き通った歌声が優しく客席を包む。

♪小さい頃は　神様がいて
　不思議に夢を　かなえてくれた

歌詞の全文は、松任谷由実に著作権があるのでここには載せられない。忘れてしまったわ、という方は、ぜひ久々に触れてみて欲しい。子どもの夢を思い出させてくれる、とてもやさしい、素敵な歌だから。
しかし歌声は、「目に映るすべてのことは」まで歌ったところで、突然に途切れる。

ゆめあ　あっ！

そして演劇が始まる。

1、実家という泥沼

六畳一間、木造二階建てのクソボロアパート。ママがタバコをくゆらせながら、ゆめあを睨んでいる。

ママ　くだらねぇことばっかりだよ。つまらねぇことばっかりだ。ゆめあ！　歌なんか歌ってないでさっさと股開きな。生きてかなきゃなんないんだから。

ゆめあ　ふしぎふしぎふしぎ！　どうしてあちしがおまんた開くと、あちしとママが生きていけるの？

ママ　待ってるんだよ新大久保で新見さんがあんたの写真が届くのを。仕方ねぇだろう、お家賃払わなきゃならねぇが、あたしのおまんたはすっかり中古で誰も買わねぇ。

ゆめあ　♪ちーいさーいころー、はー、かーみさまがいてー、

ママ　どこにいんだよ神さまが、この六畳一間のボロアパートの！　さぁゆめあ、下を向いた犬

のポーズだ！　下を向いた犬のポーズでバナナをお食べ！

ゆめあ　ゆめあバナナ大好き！

カシャリ。下を向いた犬のポーズをしたゆめあを、ママのカメラが捉えた。

ママ　間違ってるのはあたしじゃない、世の中の方さ。この滅びつつある世界で、生き残りたいなら股開きな。

ゆめあ　ふしぎふしぎふしぎ！　どうして世界は滅びつつあるの？

どごーん！　外で爆撃音。ゆめあはぶっ倒れる。

ママ　また爆弾だ。（ガラガラッと窓開けて）ご覧ゆめあ、隣のアパートが木《こ》っ端《ぱ》微塵《みじん》だ。ひぃ、ふう、みー、よー、いつ、むー、七つも生首が転がってるよ。文京区はもうおしまいだね。

ゆめあ　ママあちし、学校に行かなくちゃ。

ママ　どうせみんな死ぬんだ、勉強なんかして何になる。

ゆめあ　でもあちし、たっくんと一緒に学校に行くって約束してるの！

ママ　やめろ！　男の約束はビタイチ信じるな。あいつらの言うことは、ひとつ残らず嘘っぱちさ！

ゆめあ　たっくんは嘘なんかつかない！
ママ　嘘つかない男なんかいない！
ゆめあ　じゃあたっくんは男じゃない！
ママ　そこまで言うなら言ってご覧。たっくんはどんな人。
ゆめあ　たっくんはねー、足が早くってー、給食を食べるのが早くってー、なーんでも早くってー、カーッコいいの！
ママ　ならパパには似てないね。
ゆめあ　ううん、パパそっくり！
ママ　ゆめあ！　それダメな奴だ！
ゆめあ　行ってきまーす！

ゆめあは登校する。

ママ　ゆめあー！

再びユーミンの「♪やさしさに包まれたなら」が流れ、ゆめあは軽やかに外の世界に駆け出した。ママはジメジメする汚れた畳に這いつくばって、走り出すゆめあの背中に右手を伸ばしている。それは彼女に残されていた、母親としての最後の理性だ。

これを最後に彼女はモンスター化し、人間とは若干異なる生物に変身する。

2、戦闘通学路

ゆめぁが走っている。
例の、最近もう見なくなった「その場で走るやつ」をやる。

ゆめぁ　あちしのせかいは、いつもざわざわ、さわがしい。
あちしのせかいは、いつもきらきら、ふしぎでいっぱい。
あちしのせかいは、ふしぎとなぜのだいぼうけん！
ママはいっつもごきげんナナメ。
でもどうして？　世界には、ふしぎとすてきがあふれているのに！
あっ、鳥さんだ！　あっ、かたつむり！

すごいスピードでたっくんが駆け込んできて、ゆめぁの隣に追いついた。

たっくん　ゆめあちゃん、おはよう！　今日もまったく晴れ間のない、最低のどん曇りだね！

ゆめあ　たっくん、おはよう！　待って、たっくん、早いよ！

たっくん　遅いのはゆめあちゃんの方さ！　通学路だからってのんびりしてると、殺されるぞ。この滅びつつある世界で、僕たち子どもは最後の希望だ。死んでも生き残るんだ！

ゆめあ　ふしぎふしぎふしぎ！　どうして世界は滅びつつあるの？

たっくん　危なーい！

ダダダダ！　たっくんはゆめあを突き飛ばす。姿の見えない敵のセミオート狙撃だ。

たっくん　えいっ！

しかしたっくんはパチンコでどんぐりを飛ばし、敵を倒す。

たっくん　北朝鮮の狙撃兵が電柱の陰に隠れていたんだ。でももう大丈夫、森で拾ったどんぐりをこめかみに直撃させてやった。

ゆめあ　突然雷が鳴り出したわ。

たっくん　大人たちはみんな気が狂ってしまったんだ。
ゆめあ　こんなときこそ、戦うのよ！
たっくん　でもどうやって？　僕たちの武器と言ったら、こんなオモチャのパチンコと森で拾ったどんぐりくらいしか、
ゆめあ　みんなー！　あちしに、力を貸してー！

ゆめあがハーモニカを吹く。すてきなメロディに呼び寄せられて、五人の仲間が駆けつけた。さきちゃん、近藤くん、楡井ちゃん、大原くん、堀さんの姿。

みんな　ゆ・め・あ・ちゃーん！
たっくん　あっ！　みんなだ！
近藤　ぼくも一緒に戦うよ！
楡井　命を捨てる覚悟はしてきたわ。
大原　悪い奴らなんか、ギッタギタのメッタメタにしてやる！
ゆめあ　みんな！
さきちゃん　ぐずぐずしてんじゃないわよ。
たっくん　あっ！　さきちゃんだ！　死ね！

ゆめあ　さきちゃんも来てくれるの？

さきちゃん　あんたのためじゃないわよ。あたしはただ、学級委員だから仕方なく、

僕たちみんな、力を合わせて戦うぞ！という気持ちで、みんなは行進しながら歌う。

♪世界中の子どもたちが　一度に笑ったら
空も笑うだろう　ラララ海も笑うだろう

3、立ち塞がる八尺先生

素敵な歌を遮って身の丈八尺の先生が現れ、みんなの前に立ち塞がった。

先生　こらこら、みんな！　もうとっくに朝のチャイムは鳴り終わったぞ。
みんな　せ、先生！
先生　みんなの将来は、先生の手のひらの上にあるってことを忘れないで。通信簿に何て書いて欲しいのかな？
たっくん　先生僕たち、みんなで世界を／
先生　一時間目は国語です。
ごんぎつね。
あるところに、ごんという名前の、いたずら好きの狐さんがおりました。
ごんは、うなぎを盗んで、兵十のお母さんを殺してしまい／ます。

ゆめあ　先生あちし、ごんぎつねどころではありません。世界は滅びつつあるというのに！
近藤　そうさ、ゆめあちゃんの言う通りだ。勉強なんか、してる場合か！
先生　子どもは黙って、大人のいうことを聞いていればいいのよ。えいっ。
近藤　うわっ。

近藤の首に鎌が刺さっている。先生が鎌を投げたのだ。
近藤は死んだ。

みんな　こ、近藤くーん！
先生　義務教育は、義務です。世界平和より、お勉強よ。さぁみんな、ごんぎつねに戻りましょう。この時の作者の気持ちを答えなさい。
たっくん　話し合いが通じる相手じゃない。逃げろ！
みんな　うわー！

再び『♪やさしさに包まれたなら』が流れ、みんなは街へ駆け出した。
しかしみんなの前には、様々な障害が待ち受けていて……!?

たっくん　さんかく公園の角を曲がってニコニコ商店街を突っ切り、裏山の給水塔に登るんだ。
大原　先生たちが、追い掛けてくるぞ！
楡井　きゃー！
ゆめあ　あっ！　はづきちゃんが転んだ！
たっくん　振り返るな、ゆめあちゃん！　はづきちゃんは犠牲になったんだ。
大原　うわぁ！
ゆめあ　あっ！　けんじくんが、野良犬に襲われてる！
たっくん　立ち止まるな、ゆめあちゃん！　犬はオオカミの一種だ。勝ち目なんかないぞ！
ゆめあ　あと、気がついたら、なつみちゃんがいない！
たっくん　なつみちゃんはノロマだから、最初からこうなる運命だったんだ。
ゆめあ　でも、まだ一言も喋っていないわ。
たっくん　こらえろ！　みんなの分まで、生きるんだ！

たった二人、残された少女と少年は、ひたすらに走った。本当はさきちゃんも生き残っているが、物語上あまり重要ではないので、注目しないで欲しい。
そして少女と少年は、運命の場所に辿り着く。

4、地獄給水塔

ゆめあ　ついた！　ここが給水塔ね！

たっくん　あぁ、ここが給水塔さ。気をつけろ！　ここはもう、警察権力の及ばない無法地帯、トーキョー・スラムの一角だ。ワニや河童の目撃例だってあるくらい／

ゆめあ　あっ！　あれは何？

スーツ姿の男が瞳を暗く輝かせながら、一心不乱にバットを振っている。

男　バカヤロウ。バカヤロウが。いいんだよ俺は歯車でも。だけどな、歯車なら歯車なりに大事にしてくれって話だよ。毎年歯車入れ替える機械なんてねぇだろ？　せめて磨り減るまで、歯車やらせてくれよ。

ゆめあ　あれは何。

たっくん　あれは、ゾンビ化した派遣社員だ。フォームがしっかりしてるから元高校球児に違いない。契約更新に怯えて、本能的に素振りをしてるんだ。危ないから絶対に近づいちゃいけな、あっ、さきちゃん！

男　どうした嬢ちゃん、学校も行かないで。そんなんじゃな、ろくな大人になれないぞ。

さきちゃん　おじさんみたいに？

男はさきちゃんの頭を吹っ飛ばす。

二人　さきちゃーん！

たっくん　言わんこっちゃない、逃げろ！

ゆめあ　大人には、難しいことがたくさんあるのね。

たっくん　あっ！　別の大人だ！

血まみれの女が、必死に手を洗っている。

ゆめあ　おばさん、何してるの？

女　おばさん？　そうね、もうおばさんよね、私。何してるっかって？　わからないかしら、婚活よ。

ゆめあ　こ、婚活？

女　私東大を出てしまったの。そして大手外資系企業に入ってしまった。だけどわかる、そうすると、男の人は逃げていくの。男の人はね、自分よりバカな女と結婚しないと自尊心が保てないの。キャーすごーいとかワー助かるーとか、やーん失敗しちゃったアタシわかんなーいとか、そういう女が好きなのよ、結局。だからこうして、学歴をこそぎ落としているの。あぁ、まだここに学歴と知性が。消えろ、学歴、消えろったら！

たっくん　だけどおばさん、血だらけじゃないか！

女　やっぱり脳味噌を直接吸い出さないといけないかしら。（とインパクトで頭に穴を開けようとする）

たっくん　逃げろ！

ゆめあ　大人には、悲しいことがたくさんあるのね。

たっくん　あっ！　別の大人だ！

変態がいる。

たっくん　気をつけろ、ゆめあちゃん。見た感じからして変態だぞ。

変態　すまない。その通りなんだ。

変態は前を開ける。

たっくん　見ちゃダメだ、ゆめあちゃん！　ケタ外れのでかさだ、目が腐るぞ！

変態　許してくれ、少年！　自分でも、どうしたらいいのかわからないんだ。毎日、毎日、大きくなっていく。自分じゃあもう、止められないんだ。医者にも匙《さじ》を投げられた。

こいつのせいで、こいつのせいで一体どれほど過ちを犯したかわからない。性欲は罪だ。神よ！　なぜ人の子らに性欲を与え給うた。花のように穏やかに、木々のようにさり気なく、なぜ我々は生殖することを許されない？

言ってる間にやりたくなってきた。逃げろ！　俺の理性じゃ、もう、抑え切れない。

たっくん　逃げろ！

ゆめあ　大人には、苦しいことがたくさんあるのね。

たっくん　あっ！　別の大人だ！

兵士が何かと戦っている。

兵士　ダダダダダ。ガーガー。こちらブラヴォー隊。ダメです、もう、持ちません！　くっ！　ダダダダダ。
ゆめあ　おじさん！　何と戦っているの？
兵士　わからないんだ。何かが攻めてきている、そのことだけは確かなんだが、敵の正体が全く摑めない。どんどんどんどん増えている。

どごーん。やはり爆撃音だ。ちなみに今の一発で千代田区は消滅した。

ゆめあ　また爆弾だ！
たっくん　逃げよう！
兵士　どこへ逃げたって無駄だ。世界すべてが戦場なんだ。
ゆめあ　昨日までは、世界はすっかり平和だったわ。
兵士　それは君が昨日より、少し大人になったってことさ。
ゆめあ　どうして世界は滅びつつあるの？
たっくん　あっ！　ワニだ！

ワニもいる。

ワニ　お腹が空いた、ハラペコだ。ごめんねみんな、食べさせて。ヴァー！
たっくん　逃げろ！

二人は走り出す。

ゆめあ　どうして世界は滅びつつあるの？
たっくん　いいから走れ！　現実に追いつかれれるぞ。
ゆめあ　あちしたち、まだ子どもなのに？
たっくん　十分前より僕たちはもうずいぶん大人になった。十五分経つ頃には、もうすっかり大人かもしれない。
ゆめあ　嫌だわそんなの！　あちしストレスにやられて素振りしたり、婚活したり、ちんちんがでかくなったりするのは嫌！
たっくん　ほらもう君はまた新しく、現実の単語を覚えてしまった。もう後戻りはきかないね。今に大人に追いつかれるぞ。逃げろ！　僕は、先に行く！
ゆめあ　たっくーん！

たっくんは彼方に遠く走り去る。ゆめあは目に涙をいっぱい溜めながら、その後姿を追いかける。ゆめあは今、大人から逃げているのか？　それとも遠く逃げていく小さな恋のメロディを、必死に追い掛けているのだろうか？

そんなゆめあに、ついに世界の秘密が声をかけた。

5、神さまとの出会い

必死に走るゆめあの横に、一人の詩人がゆったりと歩きながら追いついた。

詩人　お嬢さん、ごきげんよう。元気いっぱいだね。
ゆめあ　ごきげんよう。おじさんどうして、そんなに早く歩けるの？
詩人　きっと喉が渇いたね。ラムネを飲もう。
ゆめあ　だけどあちし、追われているの。
詩人　子供はみんな、ラムネを飲むんだ。そしてラムネを飲んでいる間は、絶対に大人には捕まらない。
ゆめあ　そうなの。
詩人　ちょっと待っていなさい。

詩人は一度ハケる。世界はすっかり静寂に包まれ、周りにはもう街も木も車も何もない。

ゆめあ　ホントだ。誰も追いつけない！

詩人がラムネを持って戻ってくる。

詩人　さぁどうぞ。

ゆめあ　ありがとう。おじさんは飲まないの？

詩人　おじさんは大人だからね。ラムネじゃなくて、十六茶を飲むよ。

ゆめあ　そう。

二人はピンク色のもやに包まれながら、静かに飲み物を飲んでいる。

ゆめあ　おじさん、だあれ？　何してるの？

詩人　私？　私は、神さまだ。

ゆめあ　か、神さまなの！

詩人　あぁそうさ。そこのコンビニの角を曲がって三軒目の、アパートの二階に住んでいる。

この世界はみんな、僕が作ったんだ。

ゆめあ　みんなおじさんが作ったの？

詩人　そうだよ、ゆめあ。君も僕の、滲み出る体液から作られたんだ。なのに何故、そんな悲しそうな顔をしているんだい？

ゆめあは少し、言いよどむ。彼女の頭に先ほど出会った醜い大人たちの姿がよぎったのだ。

ゆめあ　どうしてみんな、あんなにつらくて、悲しそうなの。

詩人　あの大人たちかい。

ゆめあ　うん。

詩人　ふしぎだね。だけどゆめあ。君もきっと、いつかその苦しみがわかる日が来る。今はふしぎに見えるあの人たちも、ちっともふしぎに見えなくなる。

ゆめあ　そうなの。

詩人　その通りさ。君もいつか大人になったら、そのラムネの瓶からビー玉を取り出したくなって、瓶を割ったり、壊したりするだろう。だけど決して、そんなことしちゃダメだ。出したらそれは、ただのガラスの玉だからね。

そして取り出したビー玉は、決して瓶には収まらない。

ゆめあ　どうして世界は滅びつつあるの？

詩人は突然、自分の頬を引っ叩き出す。

詩人　あっ！　あっ！　あっ！
ゆめあ　おじさん、どうしたの！
詩人　みんなおじさんが悪いんだ。ごめんよ、ゆめあ。あんな間違った大人たちを作ってしまって。おじさんは汚い現実ばかりつぶやいて、この世界を汚してしまった。ちなみにゆめあ、おじさんが君の本当のパパだ。
ゆめあ　マジで！
詩人　だけどゆめあ、覚えておいて。君を苦しめる人たちは、みんな誰かに苦しめられてきた人たちだ。だからゆめあ、君の使命は、彼らを許し、愛してやることなのさ。そしてそれは、おじさんにはもうできない。おじさんはもう、三十代なんだ。
ゆめあ　そうなのね。
詩人　イッヒッヒ。今に死ぬぞゆめあ、今にお前もおしまいだ。あと三行でゆめあ、お前の前には今まで出て来た悪い人たちがみんな出て来て、お前の内臓をむさぼり食うぞ。私はもともと、日なたに干してある真っ白いシーツに突っ込んでいって、太陽の匂いをかぐのが大好きな子どもだった。しかし今は、ご覧。何に見える？

ゆめあ　ただの、変なおじさん！

詩人　その通りさ。おっと、六行も経っちまった。

6、さいごのたたかい

詩人の予言した通り、今まで出て来た悪い人たちがみんな出て来た。ゆめあ、大ピンチだ。
悪い人たちは口々に汚らしい言葉をわめいている。

ママ あたしより若くて綺麗な女はみんな死んじまえ！
男 俺にはもう向上心なんて一つもねぇんだ！
女 男がみんなだらしねぇのがいけねぇんだよ！
変態 毎日毎日セックスのことばかり考えているぞ！
兵士 何故そうも簡単に人を殺すんだ！　死んでしまえ！
ワニ 女子供から順番に食い殺してやる！
先生 今この瞬間もアフリカでは子供達が死に続けているのよ！

戦慄したゆめあは、荒廃した大地に立ち尽くす。

ゆめあ　あっ！　本当に出て来た！
みんな　まずはゆめあ、手始めにお前から食い殺してやる！
ゆめあ　こわい！
みんな　ゆめあお前を、地獄の底へ引きずり込んでやる！

そこへ颯爽《さっそう》とたっくんが現れた。

たっくん　ゆめあちゃん！
ゆめあ　助けて、たっくん！　あちし食い殺されて地獄の底へ引きずり込まれる！
たっくん　僕は。
ゆめあ　たっくん！
たっくん　ゆめあちゃん！　きみが好きだ、本当に。
きみが好きだ、心から。
きみが好きだ、他のどんな女の子よりも。
だけど、僕は、僕の方が好きなんだ！　ごめん！

たっくんは逃げる。風のように。

ゆめあ　たっくん！

ママ　男なんてみんな、こんなもんさ！

男　世の中、誰も助けちゃくれねぇんだよ！

女　安心しろ、この先つらいことなんていくらでもあるぞ！

変態　君はとても可愛い。

兵士　出て来なければ、やられなかったのに！

ワニ　弱肉強食ってでっかく書いて、トイレのドアに張り出しとけ！

先生　結局ごんは死ぬのよ。

ママ　あんたはこの現実を生きていくんだよ。排水口の髪の毛みたいにグチャグチャにこんがらがった、この現実を生きていくんだ。

みんな　ゆめあ！　お前の夢を、食い殺してやる！

詩人　さぁどうする、ゆめあ！

もはや怪物のような形相となった大人たちがにじり寄る。

追い詰められたゆめぁ。苦しみに歪んだ表情の中、意を決したように立ち上がり、あの歌を歌い出す。

♪You don't have to worry, worry, 守ってあげたい
あなたを苦しめる　すべてのことから

イントロが流れ、ゆめぁから光が溢れる。

みんな　うわっ！　まぶしい！
詩人　何だこの光は？　ゆめぁ、一体どうしようって言うんだ！
ゆめぁ　どうもこうもないわ！　みんな早く目を覚まして。このお話は、でたらめよ！
みんな　ゆめぁお前こそ目を覚ませ。現実に目を向けろ！
ゆめぁ　あちし、負けない！　楽しかった、遠足！
みんな　うわぁ。
ゆめぁ　たくさん遊んだ、夏休み！
みんな　ぐわぁ。
ゆめぁ　みんな頑張った、運動会！

みんな　あぁぁ。

ゆめあ　頑張って、もうひと息よ。悪い大人に書き換えられた、この世界の物語を、ふしぎとすてきで塗り替えるの！

ママ　おやめゆめあ、でたらめな夢を歌うんじゃない。いい加減に現実をご覧。

ゆめあ　現実が何さ。あちしまだ子供だけど、そんなもんより、もっとずっと、ふしぎですてきなことを知ってる！

ママ　ゆめあ！

ゆめあの歌に、人々は少しずつ浄化されていく。サビに至る頃には、襲い掛かろうとしていた大人たちもすっかりゆめあに心を寄せ、今や共に歌い、戦う仲間だ。サビを書きたいが、やはり書けないので、調べて下さい。

サビが終わる頃には、みんなの心が一つになった。舞台は暗転し、神さまの声が流れる。

ナレーション　すると、不思議なこともあるものです。ゆめあの歌声とみんなの笑顔が世界中に広まり、地上からすべての不幸と悲しみ、戦争と虐殺、飢餓と貧困が消え去り、みんな仲良く、楽しく、元気よく、末永く幸せに、誰一人苦しまず、誰一人悲しまず、誰一人死ぬこともなく、永遠に平和に暮らしましたとさ。

みんな　あちしたちこれからも、ずっとずっといつまでも、でたらめな夢を生きていく！

ナレーション　めでたし、めでたし！

そして訪れる完全平和。

幕

解題　ゆめあとは何者なのか

演劇をはじめて十八年になるが、基本的に私が得意とするのは、「重厚な」とか「緊密な」という枕詞のつく、リアリズムに基づいた会話劇だ。対立し合う人間同士が、言葉という武器を使って相手を動かし、変えていく。そういう芝居を手掛けることが多い。

「リアリズム」とは何だろうか。「ナチュラリズム（自然主義）」と「リアリズム（現実主義）」は違う、と言われることが多い。これだけだとピンと来ない方も多いだろうから、私が大学時代に演劇学の教授から聞いた「リアリズム」のエピソードを一つ紹介したい。教授は言った。

アメリカのミュージカル俳優は、自分たちが「リアリズム」をやっていると主張するらしい。突然歌ったり、踊ったりしてはいるが、彼らにとって彼らの語る言葉や歌は、自分の「リアル（実感、現実）」に基いていて、フィクションでも誇張でもないと言うのだ。リアルとは、「現実に似ている」ことではなくて、「これこそ現実だ」と思わされてしまうようなものだ、というような説明も聞いたことがある。この説明を援用すれば、観客の感情をダイレクトに揺さぶり、摑み、動かしていくミュージカルは、この上ない「リアル」であるということになる。「リアルとは何だろう」ということを考えるにあたって、これらのエピソードは私に大きな影響を残した。

だから私が「リアリズム」の会話劇を作る際にも、それは現実の模写にとどまらない。

登場人物の「実感」「現実」を描くために、必要であれば大きな表現も使うし、抽象的な演出もする。ビデオカメラで写したような現実の会話は、私にとって「リアル」に少し足りない。「世界が壊れてしまうほどの驚き」とか、「津波のように押し寄せてくる悲しみ」という感情は、誇張ではなく、本当に世界を壊すし、津波となって襲い掛かってくるのだ。現実の散漫な会話をコピーする「ナチュラルなリアル」に私はあまり興味がないので、リアリズムの会話劇をやるときでさえ、現実よりも大きなものを捕まえようとしてやっている。本当に「ナチュラルなリアル」が見たければ、居酒屋で隣のテーブルの会話を盗み聞きでもするか、駅のホームで大喧嘩しているカップルでも見ていた方がよほど面白いと思うのだ。

しかし、今回描いた「ゆめあ」とは何なのか。これも私は、リアリズムと呼ぶつもりなのか。なぜ私は、こんな少女を描く必要があったのか。

最近の私は、昔より一層、演劇である必要のある作品を作りたいと考えている。ビデオカメラのフレームに収まるようなものや、ＤＶＤに収録できるようなものを作るのは時間の無駄だ。

そして最近、我々現代人は、アニメーションや漫画、大作映画の影響もあって、より極端で強いフィクションに触れる機会が圧倒的に増えている。演劇だけが平田オリザ以降、何故か「ナチュラルなリアル」に引き寄せられ続けていて、同世代の演劇人が手掛ける作品も「ナチュラルなリアル」に基づいた作品が多い。しかし私は端的に言えば、ナチュラルなリアルに未来はないと感じている。

時代は、より強いフィクションを求め始めたように思えるのだ。それは日本の現状、社会の情勢と大いに関係があるだろう。この国は今からゆっくり、日が陰るように衰退していく。人口は減り、少し前まで後進国と呼ばれていた国々が技術と経済のレベルを高めていく中で、成熟しきった日本は少しずつ少しずつ国際的な競争力を衰えさせていくだろう。社会保障費が増大し、税金は上がり続け、働いても働いてもバブル以前のようには生活は向上しないだろう。明日は今日よりも暗い。

そのことを、はっきり自覚して生きている者、言葉にはできないがぼんやりと感じている者、感じてはいないがその空気に捕まえられている者、取り方は様々だろうが、みんなその影響を受けていて、だからこそ「ナチュラルなリアル」を通じて今を生きる私たちを確認するのではなく、荒唐無稽でも強いフィクションに身を浸すことで、現実を打ち破って欲しいと願う観客が増えているように思うのだ。

そもそも劇場では一体、何が起きているのだろうか。我々は、目の前で行われる会話を、部屋でDVDを観るように観察しているのだろうか。そうではない。少し大袈裟な言い方になるが、私はこう思う。劇場では我々は、一つの幻想を共有しているのだ。仮にそれが「ナチュラルなリアル」の会話劇だろうと、観客に観られて「いない」振りをして俳優は演じているわけで、その

「振り」を成立させているのは観客たちの無言の約束、演劇の嘘、そういったものであり、我々は一つの幻想を共有している。強いフィクションを持つ作品ならば、共有される幻想はさらに濃厚なものになる。演劇とは、幻想を共有する芸術なのだ。

今回私はゆめあという少女を通じて、荒唐無稽なフィクションが、クソッタレな現実を凌駕する瞬間を描いてみた。これは一つの習作でもある。演劇におけるフィクションは、本当に有効なのか？ 私の心を惹きつけるのか？ 観客に、どんな反応を引き起こすだろうか？

上演初日の印象を見る限りでは、このフィクションは観客に受け入れられたらしい。むしろ、この程度のフィクションでは荒唐無稽とさえ言えないのかもしれないと思うほど、抵抗感なく受け入れられたように感じている。私はこれから、より強いフィクションを探さなければならない。

劇中に登場する「詩人」とは、ほとんどそのまま私自身のことを書いた。「詩人」はこの世界（『全肯定少女ゆめあ』）を作った神であり、登場人物・ゆめあの生みの親である。これほどストレートな「作者」のアナロジー（類比）はないだろうが、それほど初日の観客にはこの点はハッキリとは伝わらなかったようだ。それでいい。それは私と俳優たちだけが理解していればいいサブテキストだ。

「詩人」は、汚い現実、醜い大人ばかりを描いて、この世界を汚してしまったと語る。それはリアリズムの文体で同世代人の実像を描こうとする中で、どんどんと苦しい現実、悲しい事実を戯曲の上に並べていき、演劇という世界を苦しくし続けてきた私のことを表している。どうして私は、演劇の中で、苦しい現実や悲しい事実をばかり描こうとするのだろう。どうして私は、楽しいお芝居が書けないのだろう。とびっきり楽しくってハッピーなフィクションがあっても、いいんじゃあないか。

しかし同時に私は、とびっきり楽しくってハッピーなお話を書き始めると、これは嘘だ、あり得ない、こんなものちっとも「リアル」じゃない、と筆が止まってしまいもする。やはり私は、リアリズムを捨て切れない。私の中に確実にあるこの「リアル」に基づいた話でなければ、書いていても白々しいのだ。

だから「ゆめあ」という荒唐無稽な少女を作って、彼女に現実を旅してもらった。私はゆめあのことが好きだが、もう彼女のようには世界を見れない。私にとって世界はもう十分にグロテスクに汚されてしまっていて、ゆめあの言うような「ふしぎとすてき」に溢れてはいない。かと言って、このグロテスクな汚さとか苦しさ、悲しさを観客に伝えるようなお芝居はやりたくない。こんな苦しみは、自分の胸の中にだけあればいいと思うのだ。少なくとも劇場で観客と共有する幻想としては、この汚れた現実は不適当であるように思われる。

先ほど「ゆめあ」は習作でもあると書いた。その通りだ。私はこれから、どんな幻想を観客と共有すればいいのか、まずはそのことをしっかりと考えてから次の作品に着手しなければならない。この「滅びつつある世界」で、世界が滅びつつあることや、世界が悲しくつらいことはもうみんなわかり切っているのだから、今さらしたり顔で戯曲に紡ぐ必要もないように思われる。むしろこの滅びつつある世界で、我々が、みんな仲良く、楽しく、元気よく、末永く幸せに、誰一人苦しまず、誰一人悲しまず、誰一人死ぬこともなく、永遠に平和に暮らしていくための幻想を探したい。それは「リアル」でありながら「ナチュラル」にとどまらず、「リアル」だけれども「強いフィクション」でなければならない。

どうやったらそんなものが書けるだろう？　すぐに答えは出ない。二〇一六年五月に上演する予定の新作、DULL-COLORED POP vol.17『演劇（仮）』は、そんなことを考えて今のところ構想されている。

だからゆめあという少女は、私の子どもでもあるが、同時にこれからの私の作品を一緒に生み出してくれる妻のような存在にもなるだろう。最後に、様々な都合でカットされてしまったが気に入っていた「詩人」の台詞をここに記して、終わろうと思う。

詩人　ゆめあもっとデタラメに、ゆめあもっと夢見がちに、ゆめあもっとあり得なく、ゆめあもっと無茶苦茶にこの世界を歌ってくれ。おじさんは神さまだったはずなのに、何故か今はアパートに住んでいる。おじさんはもう神さまじゃない。あっ！（と頬を叩く）

二〇一五年八月

谷　賢一

エリクシールの味わい

登場人物

三井　製薬会社勤務。三十代。ひどく潔癖症。常に身綺麗な格好をしている。
店主　バー・エリクシールの店主。
みゆ　女。
ナコ　みゆの友人。
高校生　女子高生。エグザイルのファンで、メンバー数の増加と急騰するチケット価格に困惑している。彼氏いない歴＝年齢。
人妻　ギャンブル中毒の人妻。大学時代には水泳で結構いいとこまで行った。趣味の欄には「テニス」と書くことが多い。
幼女　アメリカ人の子ども。ケロッグ・コーンフレークを食べたり、一輪車に乗ったりするのが好きで、おばけが怖い。どうして男の子はみんなトランスフォーマーが好きなのか、首を傾げ続けている。同じクラスのダニーと「将来結婚しようね」と言い合っている。
弁当娘　お弁当屋さんで働くあの子。看護師の専門学校に通うため福岡県から出てきたが、都会の生活に馴染めず一年足らずでドロップアウト。そのとき優しくしてくれた年上の彼氏と付き合い出すが、二股をかけられていたことを知り、傷害事件を起こす。一度は福岡に戻り、実家の蕎麦屋の手伝いなどして暮らしていたが、再度上京。今はお弁当屋さんでバイトしながら、もう一度看護師免許を取るために夜学の専門学校に通っている。
女王様　女王様。胸はGカップ。

1、バー・エリクシール

店主　愛とは、脳内麻薬が見せる、はかない夢である。……イギリスの詩人、ジャン・ゴールドバッハの言葉です。愛が麻薬の夢ならば、例えば……、お客さん。こんな夢はいかがでしょうか？

どうやらそこはバーである。

店主　ここは、バー・エリクシール。現実から目を覚まし、愛の夢の中で目覚めるための、魔法を売る酒場です。おおっと、今日も寂しい男が一人、夢に溺れているご様子。

照明が切り替わる。
カウンターに突っ伏して眠っている三井の姿が見える。

店主　お客さん、看板だよ。

三井、目を覚ます。まばたきをして、前後不覚、寝ぼけたような様子。

店主　お客さん。夢の続きは、ご自宅でお願いしますよ。お会計、一万……二千円になります。

三井　製薬会社に勤めててね。

店主　はぁ。

三井　女とつきあう暇なんかないんだ。つきあってんのはもっぱらシアン化合物、塩酸プロムヘキシン、マル酸クレマスチン、デキストロメトルファン、コデイン、硫化トランシウムに……。

店主　すいませんが、今日はもう／

三井　咳止め薬を作ってんだ。真っ白な白衣を着てね、顔にはガスマスクみたいなゴーグルつけて、カッコいいぜ。アルビノのダースベイダーみたいさ。

店主　アルビノのダースベイダー！　そりゃ愉快だ。

三井　そうでなけりゃ、さながら中世の錬金術師だ。作ってんのはちゃちな咳止め薬だけどな、遠心分離器と格闘して、フラスコ振って。

店主　お客さん、悪いんですが……。
三井　俺も、賢者の石とか、エリクシールとか、作る夢だけでも見てみたいもんだ。中世の錬金術師みたいに……。
店主　エリクシール？
三井　不老不死の薬だよ。知らない？
店主　さぁ。
三井　飲めるって聞いたんだけど、ここで。
店主　お客さん、「パラケルスス」にでも、なったつもりで？
三井　まさか、ただの変態だよ。

間。

店主が頬をほころばせ、態度を急に変える。

店主　もうちょっと早い時間にお願いしますよ。
三井　すいません、何か、どうしていいかよくわかんなくって。
店主　ええ。何から行きます？
三井　本平《もとひら》さんって言う弁護士さんから紹介されて来たんですけど。

店主　あ、そういうのは言わない約束で。
三井　あ、すいません。
店主　一杯目は？
三井　おすすめの五、六杯、適当に見繕ってよ。
店主　わかりました。

店主、奥へ引っ込む。

三井　来た、来た、来た、ついに……。

三井、サングラスとハットを外し、軽やかに歌い始める。

♪「夢見るほどマイ・スイート・おしっこ」
（軽快、ミドル・テンポ、ロマンチック。字余り・字足らずの無理矢理な感じで）

夢に見たこの日　In the Bar Called Elixir
夢のようなこの日　At the Bar Serves Elixir

約束された恍惚　とろけるようなその響き
とろけちゃう　とろけちゃう　マイハート
もらしちゃう　もらしちゃう　あぁっんんあっ　吐息！
マイ・スイート・おしっこ

あんな子のいいな　飲めたらいいな
膨らむのは夢だけじゃないぜ
あんな子のいいな　飲めたらいいな
金ならいくらでもあるのさ

（台詞）

おしっこは、ちっとも汚くないんだ。化学的に言ってそれは、血液と同じ、血液を腎臓で濾過した水、飲料水なんだよ。おや、うつむいて、ほっぺたをイチゴ色に染めて、恥ずかしがってるのかい？　は、は、は。なんてキュート！　でもその、伏し目がちの照れた顔が、戸惑いを隠せない濡れた瞳が、誰よりもセクシーだよ。君の恥ずかしい液を、君の一番の秘密を、飲み干したいんだ。君の恥ずかしい液体を、君のすべてを、

♪飲み干させてくれないか　おしっこ

店主　飲み方は？

三井　ストレート、人肌より少し熱いくらい、摂氏三十八度から四十度ほどに温めてくれたまえ。

店主　わかってますね、お客さん。

♪近づくその瞬間　なんてマーベラス
高鳴るマイハート　俺の暴れ馬
僕の唇の隙間に漂う孤独を埋める
黄金の液体　ユー・アー・ソー・ビューティフル

店主　どうぞ。

三井　ありがとう。どれ、これは……。んっ！　舌先を刺激するこの強い辛み、まだ朝露のきらめく若草のようなさわやかな香り。これはきっと……。

店主　女子高生です。

三井　あぁ、そうさ、そうに違いない。女子高生！

高校生　恋も部活もがんばっちゃうぞ☆

三井　このまっすぐな味わい。彼女はきっとエグザイルのファンだ。
高校生　ヒロー！
三井　メンバーが増えて戸惑いを隠せない。
高校生　十四人て。
三井　コンサートに行きたいけどお金がない。
高校生　一万四千円て！
三井　そんな彼女は、でも純情な彼女は、身体を売るなんて夢にも思わない。ただ、誰もいない校舎の裏で、体育館横の仮設トイレで、午後の紅茶のペットボトルにその……、その、若くたおやかな身体からこぼれる尿を集め、売りに来るんだ。
高校生　待っててね、ヒロ。
三井　素晴らしい。絶品だ。

♪マイスイートおしっこー

三井　在庫があるなら500ミリリットルもらおうか。
店主　ありがとうございます。次はこちら。
三井　どれどれ、なるほど……。まったりと絡みつくような濃厚な舌触りに、尿本来の味わいをぎゅっと濃縮したような野性的なうまみ。これはきっと……。

店主 人妻です。

三井 だろうと思った。むべなるかなだ。

人妻 あなたー、行ってらっしゃい。お夕飯はハンバーグよー！

三井 鼻腔をくすぐるこのかすかな苦み。彼女は、何か、悩んでいる。

人妻 おいっ、こら、なんで魚群リーチ外れんだよ！　もうすかんぴんだぁ……。

三井 アコム、武富士、アットローン。無人貸出機は夢の自動販売機さ。

人妻 計画的な人間はもともと借金なんかしねぇんだよ！

三井 親友にも親兄弟にも見放された。

人妻 ね、ユミコ、三万でいいから。何なら二万！

三井 それでも彼女は旦那さんを愛しているんだ。そして同時に恐れてもいる。借金なんて、とても言えない……。だから彼女は屈み込むのさ、清潔に磨かれた風呂場の床、その上に置かれた洗面器へ……。

人妻 愛してるわ、あなた。

三井 素晴らしい。絶品だ！

♪マイスイートおしっこー

三井　君、後でもう一杯もらえるかな。オン・ザ・ロックで！
店主　かしこまりました。次はこちら。
三井　こんな感動と幸福、はじめてディズニーランドへ行ったとき以来だ……。ん、これは……、かすかに甘く、クセのない味わい。まろやかに喉を通るこの素直な喉越し。これはきっと……。
店主　バイト・ガールです。
三井　バイト・ガール、なるほどな、間違いない。これはお弁当屋さんで働く、笑顔の素敵な女の子だ。
弁当娘　いらっしゃいませ！　ホット・モット！
三井　夢の大都会・トーキョー、額に汗して働く彼女は、都会のオアシス、オフィス街のヴィーナス。
弁当娘　のりから弁当二人前と牛すじ煮込み弁当おかず大盛りご飯少なめでお待ちのお客様ー？
三井　しかしそんなある日、彼女はお得意様に豚汁を……。
弁当娘　幕の内弁当と豚汁でお待ちのお客さ、きゃっ！　も、申し訳ありません！
三井　いかんなぁ、君。アルマーニのスーツが台無しだ。まぁ百五十万ほどのものだが、どうしてくれるのかね？

弁当娘　お、お、お、お弁当を売って、稼ぎます。いつか必ず……。
三井　しかし彼女は流されてしまう、街角の電話ボックスで見かけたピンクチラシ、そこに踊る文字。おしっこ一リットル、一万円。悲壮な決意を胸にぎゅっと詰め込んで、彼女はそっとダイヤルを回す……。
弁当娘　おかっちゃ、東京の人さ、みんな優しいだ。
三井　素晴らしい。絶品だ！

♪マイスイートおしっこー

三井　君、この子がまた納品に来たら、これを渡してやっておくれ。（と、名刺を渡す）
店主　確かに。では次はこちら。
三井　ありがとう。何、これは……。見給え、君！　まさに黄金色と形容するに相応しい無垢なイエロー。塩味に消されず舌にしっかり残る絶妙な甘み。これはきっと……。
店主　幼女です。
三井　いかにも、幼女に違いあるまい！　しかもこの舌触り、外国産だな。
幼女　（ビスケットを食べながら）Yammy, Yammy! This is my biscuit! Yammy!
三井　クリスマスプレゼントは何がいい、お姫様？

幼女　パパが帰ってきますように。
三井　ママ思いの彼女は、ある日お気に入りの靴をなくしてしまう。
幼女　Hey, mam! Where's my shoe? Where's my shoe!
三井　泣きながら、転びながら、泥まみれになりながら、靴を探すが見つからない。茜《あかね》差す西日に照らされた川べりの土手に腰掛けて、途方に暮れた彼女に手を差し伸べるスーツ姿の黒人男性。彼女はママを困らせたくない一心で、頷くんだ。
幼女　America is Number One!
三井　素晴らしい。絶品だ！

♪マイスイートおしっこー

三井　君、彼女に伝えてくれ。サンタクロースは実在するって。
店主　忘れずにそう伝えましょう。どうぞ。
三井　むっ、これもまた見事な黄金色。しかも、どうだねこの格調高い、いや、気品溢れるとすら言える力強い味わい。一口で飲むものを平伏させる、これはきっと……。
店主　この人です。
三井　あぁ、やっぱり、こういう人か！

女王様　女の子みたいな声出しちゃって、恥ずかしくないの？
三井　歌舞伎町あたりで夜を日に継いで夢をひさぐ、快楽のエンジェル。
女王様　ヘ・ン・タ・イ・さん。
三井　あー、僕の知り合いの二十一歳は、マジで学費を出すためにこういう仕事をしていました。
女王様　すみません、店長、そろそろ就活なので、やめようかと思うんですが……。
三井　だが一度味をしめた彼女はパスタ屋とかサブウェイとかで地道に働くなんてもうできない。
就職活動の多忙に追われ、これっきり、これっきり、もうこれっきりと思いながら、夢と現実と不甲斐ない自分の間で揺れながら、今日も彼女は屈み込む。
女王様　絶対マスコミ入る。絶対マスコミ入る。
三井　素晴らしい。絶品だ！

♪マイスイートおしっこー

大袈裟な音楽が流れ、これまで出て来た女の子たちが感動的な様子で集まってくる。
以下、全員で歌う。

♪「飲尿、それは喜び」

（壮大な感じで）
（男女）愛の迷路に迷ったり　孤独の森に囲まれたら
（男女）金色の夢を飲もう　そう　おしっこを飲もう
（男）傷つけることなく
（女）失うことなく
（男）奪い去りたい
（女）分け与えたい
（男）君のすべてー
（女）私のひみつー
（男女）食べちゃいたいほど愛してるから　君のすべてを飲み干したい
（男女）飲尿、それは喜び
（男女）飲尿、それは喜び
（男女）飲尿、それは喜び
（男女）飲尿ー

一同、何故かお互いを拍手で称え合い、ハケて行く。
残された三井は、感動に頬を輝かせながら語る。

三井　実に素晴らしい。さすが渋谷のブルセラショップとはわけが違うな。一つ一つの尿から、歪んだ現代のコンクリートジャングルで揺れ惑う乙女たちの心が伝わってくる。

店主　ええ、尿は口ほどにものを言うとは、よく言ったもんです。

三井　まったくだ。

店主　しかし、ずいぶんお好きですね。どれがお好みで？

三井　強いて言えば、お弁当屋さんのあの子かな。意外性やギャップのエロス。

店主　彼女のものでしたら、もう一ついい品がありますが。

三井　何だね？

店主　お出ししましょうか。

三井　頼もう。

店主　（取り出しながら）こちら。彼女の脱いでいった、下着で／

三井、反射的に下着をカウンターから振り払う。
動揺しながらハンカチを取り出し、手を拭く。

店主　え？

三井　不潔だよ。
店主　下着、が？
三井　当たり前だろう。君、何か勘違いしていないかね。僕は、尿が好きなんだ。下着はもちろん、肌や髪の毛だって汚らわしい。
店主　え、でも、おしっこは……。
三井　言っただろう、尿は綺麗だと。それに……、それに、僕はね。触れ合いたくないんだよ。
店主　どうして？
三井　それは……、危ないだろう。

間。

三井　そろそろ、失礼するよ。
店主　こちらこそ失礼しました。お詫びと言っては何ですが、最後に……こちらを。
三井　もう結構、十分堪能したよ。
店主　試してみる価値はありますよ。普通、一見さんにはお出ししないんですがね。
三井　ふむ……。ほう、グラスからしてわけが違うな。バカラのクリスタルグラスに、……無色透明？　これは珍しい。これは？

店主　エリクシールですよ。

間。

出されたグラスをゆっくりと傾け、三井は中の液体を口に含む。

三井　味は……、まろい、かすかに蜂蜜のようなとろみがあって、ごくごく薄い、ブランデーのような風味、しかも……ん？　舌を差すような軽い刺激。ハッカのような、ハーブのような、清涼感のある香り。鼻筋をすーっと抜けて、そう、高い山の上にでもいるような錯覚を覚える。……何だ、これは？　（少し震えて）手足がふわふわする。金色の夢が脳髄から手足の先まで広がって、ひそひそ、ひそひそと笑っている、感じ……。これは、きっとこれは……。

店主　……。

三井　そう、僕の想像も及ばないような、見たこともないような女の子だ。透き通るような白い肌に、ばら色の頬をして、ゆっくり、静かに微笑んでいる。他に何も……。

三井、後ろに気配を感じる。女がふわりと現れる。

女　あたしのおしっこだよ、それ。

三井　え？　……どこだ？

女　おいしいでしょう、それ。

三井　うん……。夢みたいだ。

女　はやく目を覚まして、はやくこっちにおいで。

三井　起きてるよ。

女　（くすくす笑いながら）違う。夢の中で起きるの。

三井　あぁ……。

女　そうして、早くこっちにおいで。

三井　うん。

女、童謡っぽい、矢野顕子っぽい歌を歌い出す。

♪「ひゃくまんかい」

おはようは　いわないで

ゆめのなかで　おやすみなさい

三井　名前は？

♪おやすみの　まんなかで
もういっかい　おやすみなさい

三井　いくつ？

はやくここにきて
ドアをしめてから
あさ　目をさますために　ねるのじゃなくて
あした　夢をみるために　のみほして
わたしのとなりにある　ふかいゆめで
そこのないゆめのなかに　おちておいで

三井　だめだ、全然……。まるで現実感がない。どんな子なの、これ。
店主　会いませんでしたか？

三井　会ったよ。て……、へ、へ、へ、恥ずかしいな、いやね、天使みたいなって、言おうとしたんだけど……。

店主　はは。天使、ねぇ。

三井　笑うことないだろう。

店主　そうですね、確かに、天使みたいな女の子でした。

三井　でした？　どんな子なんだよ、これを……。この子は。

間。

店主　彼女は……、彼女は、羽の生えたように身軽な女の子だったんです。彼女は、チョコレートでも食べるみたいに、誰とでも寝る女の子だったんです。彼女は、ケーキでも切り分けるみたいに、自分を捧げる女の子だったんです。彼女は、歩くのは下手だけど、上手に夢を見る女の子だったんです。彼女は、十七歳だったんです。そして今、彼女は、

がちゃり。

ナコが女（みゆ）のいる部屋に入ってくる。

ナコ　おはよう。

店主　部屋に鍵を掛けて、床ばかり見つめてる女の子になったんです。いくら寝ても、夢が見れない女の子になったんです。白いチョコレートばかり食べて。変わってしまったんです。もう何年も前に……。それでも彼女は、十七歳のままなんです。

ばたん。がちゃり。ナコがドアを閉め、鍵を掛けると、シーンが切り替わる。

2、とあるマンションの一室

1LDK、フローリングのマンションの一室にみゆがいる。真っ白いドレスを着た現実感のない少女。周囲に奇妙にねじ曲げられた「はりがねアート」作品がいくつも散乱している。ナコは髪にメッシュの入ったヤンキー風の女。大きなビニール袋をぶら下げている。

ナコ 家賃、払っといたよ。それに、今週分の水と野菜。
みゆ うん。
ナコ ある? 今日の分。
みゆ うん。
ナコ そう。ありがとう。

ナコ、ビニール袋を置く。

ナコ またやってたの？　はりがね。
みゆ うん。
ナコ どれどれ。（一つ手に取り）これは？
みゆ これキリン。
ナコ ぉぉ。うん。（また一つ手に取り）これは？
みゆ 柴犬、と私。
ナコ あぁ、なるほど。（また一つ手に取り）これは？
みゆ スポーツ、マン。
ナコ スポーツマン？　前はこれ、カットソーじゃなかったっけ？
みゆ カットソーでもある。
ナコ カットソーを着たスポーツマン？
みゆ 誤解しないで。
ナコ あ、ごめん。よし、何か作ろうかな、私も。はりがね、多めに買ってきたし。
みゆ これはね、飛行船。
ナコ 飛行船。飛ぶの？
みゆ 当たり前でしょ？　飛ぶ、すごい高い。どっか遠く行きたい。

ナコ　遠く？
みゆ　うん。
ナコ　どこに行きたい？
みゆ　どっか遠く……、私がいないとこ。
ナコ　そう。どうやって？

間。

みゆ　今日ね、夢を見たの。久しぶりに。
ナコ　どんな？
みゆ　薄暗い部屋でね、男の人が一人でお酒を飲んでて。お酒かな、わかんないけど。背中を丸くして、コースターをじっと見てるから、声をかけたの。そしたら、振り返って、迎えに行くよって言うの。
ナコ　……怖くなかった？
みゆ　(首を横に振って) 怖くなかった。その人は、何だか、大丈夫ってわかったの。
ナコ　男なんてみんな一緒だよ。
みゆ　うん。でも……。

ナコ、みゆの頬すれすれのところに手をかざす。
みゆ、その手に怯えてすくみ上がり、身を固くする。

ナコ みゆ。
みゆ やめて。
ナコ こっち向いて。

みゆ、ナコの方に向く。
ナコ、みゆに唇を近づける。

みゆ やめて。
ナコ 可愛いなぁ、みゆは。

ナコ、みゆの身体に手を伸ばす。触らない。
みゆはますます身を固くし、泣き出しそうである。

ナコ　もっとこっちに来て。
みゆ　いや。
ナコ　私のこと好きでしょ？
みゆ　好きだけど……、ごめん、ごめん。ごめんなさい、許して……。

ナコ、みゆを「はなす」。
みゆ、床に倒れ込む。
ナコ、「飛行船」を手に取り、

ナコ　たまに飛んでるよね、飛行船。
みゆ　うん。
ナコ　外、行きたいの？
みゆ　うん。
ナコ　どうやって？　お金は？
みゆ　……（はりがね作品を手に取り）これ売る。
ナコ　売れないよ。
みゆ　売れるよ。

ナコ　売れない！　あんた何にもできないでしょ？　コンビニのレジに八時間立てる？　接客とか風俗とかは無理でしょ、もう絶対。それともパソコンでも使える？

みゆ　これ、売って／

ナコ　バカ言わないでよ。……売り物なら他にあるでしょ？

みゆ　……。

ナコ　ごめんね。さっきは、怖いことして。

みゆ　（首を横に振る）

ナコ　ごめんなさいに、ご褒美あげる。口あけて？

みゆ、頷く。ナコの方を向き、ゆっくり口を開けて待つ。
ナコ、みゆの舌に、薬を二錠置き、キスをする真似をする。ミネラルウォーターのペットボトルを手渡す。

ナコ　飲んだら、後で、ちゃんと入れとくんだよ。

みゆ　うん……。

ナコ　この部屋嫌い？

みゆ　（首を振る）

ナコ　私のことは？
みゆ　好き。
ナコ　じゃあずっと、ここにいてよ。
みゆ　でも……、今日きっと、あの人が迎えに来るから。
ナコ　ははは。夢でしょ？　それ。
みゆ　夢だけど……。でも／
ナコ　もう誰も迎えになんか来ないの。……もう誰も、迎えになんか来ないの。もう、誰も迎えになんか来ないの。もう誰も、迎えになんか、来ないの。
みゆ　来るよ。
ナコ　もう誰も迎えになんか／
みゆ　そんなことない！

ピンポーン、というチャイムの音。

みゆ　ほら。
ナコ　……誰だよ……。
みゆ　私、開けてくるよ。

ナコ　ダメ！　……待ってて。

　　ナコ、ゆっくり立ち上がり、ゆっくりドアを開ける。
　　三井が入ってくる。ゆっくり。緊張と決意で手が震えている。

ナコ　……何？
三井　（みゆの方に）……迎えに来たよ。

　　間。

みゆ　ほら。
三井　一緒に行こう。
みゆ　うん！
ナコ　はっははははは。え、何これ？　夢でも見てんの？　マジで。つか、これがお迎え？　こいつが？
みゆ　……たぶん。
ナコ　警察呼ぼうか。おい、土足だろ！

三井　ちょっと、静かにしろよ。
ナコ　え、何？
三井　君か、この子の……、あれを売りに来てる女の子って。
ナコ　はぁ？　何のこと？
三井　しらばっくれるなよ。
ナコ　だから何が？
三井　わかってるんだよ。話は聞かせてもらった。それに……、おしっこも飲ませてもらった。

間。

ナコ　は？　何て言った？
三井　おしっこも飲ませてもらった。尿は口ほどにものを言うってのは本当で／
ナコ　気持ち悪い、変態！
三井　あぁ、変態だ。
ナコ　あんたもあの店に来る頭のいかれた大人？
三井　あぁ、僕はあの店に行くような頭のいかれた大人だ。
ナコ　出てってよ、汚い／

三井　おしっこは汚くない！

間。

三井　君は汚いと思ってるのか。彼女のおしっこを。
ナコ　……別にこの子のだからってわけじゃ。
三井　尿は血液が腎臓で濾過されたものだ。血液、これを君はどう思う？
ナコ　どうって……。
三井　その人そのものだよ。その人の一部だ。母親は子どもに母乳を与えるね。母乳の成分はほぼ血液と一緒、これは知ってるだろう？　そして、血液を腎臓で濾過したものが、尿だ。水分が約98％を占め、他に尿素、塩素、ナトリウム、カリウム、マグネシウム、リン酸などのイオン、クレアチニン、尿酸、アンモニア、ホルモンなどを含む。全くの無菌だし、一般に言われているアンモニア臭は空気中や皮膚上の細菌と接触しなければ発生しない。クリーンだ、実にクリーンな飲み物なんだよ、その人の一部だ。飲んだことある？
ナコ　あるわけないでしょ。
三井　じゃあ一度飲んでみるんだな。おいしいぞ。

ジャジャン、と伴奏が流れ、三井は突然サビから歌い出す。

♪マイスイートおしっ／

ナコ　（歌を遮り）歌わないで！
三井　おっと、おぉ、まさかカットされるとは。ミュージカルなのに。
ナコ　突然歌うとか気持ち悪い。
三井　……目を合わせてくれよ。

間。

三井　バーの人から聞いたよ。クスリをやってるんだって？　僕は製薬会社に勤めているから少し人より詳しいんだが、飲んだ瞬間は気づかなかったけど、あの感覚、あの、幸福な金色の夢が手足に広がる感じ、あれだけの量が尿に残留するなんて、よっぽどだろう。
ナコ　お説教なら帰ってくれない？
三井　お説教じゃない。（みゆに）何があったのか聞かせてくれないか？　僕は伊達に飲み歩いてないからね。わかるんだよ。君の……、何て言うんだ、その、心って言うか、中身って言うか。

ナコ　頭おかしいんじゃないの？

三井　お前は黙ってろよ！

間。

ナコ　はぁ？

みゆ　ナコちゃん。

ナコ　何？

みゆ　黙っててくれない？

ナコ　……何で？

みゆ　（三井に）あなたの名前は。

三井　三井慎二。

みゆ　いくつ？

三井　三十二。

みゆ　……私を連れてって、どうするの？

三井　どうするって……。

みゆ 私、レジも叩けないし、パソコンも使えないし、接客も、セックスもできない。
三井 じゃあ、やらなくていい。
みゆ ……じゃあ、どうして？
三井 ちょっと……、男がみんな、身体目的だなんて、つまんない考え方してんなら、やめろよ。
みゆ 違うけど。……でも、私もう、そういうのは嫌なの。
三井 何で、おしっこなんて売って生活してんだよ。
みゆ ……他に何もできないから。
三井 何もしたくないの？
みゆ （首を横に振る）
三井 ……何？

間。

ナコ やめなよ、もう。

みゆ、はりがね作品を手に取り、

みゆ　こういうの作りたい。

ナコ　(吹き出しそうになって) やめなって。

みゆ　これ、何に見える?

三井　え?

みゆ　これ。

みゆは、はりがね作品を三井に差し出す。

間。

三井　……スポーツマン、あるいは、カットソー。

ナコ　うそ!

みゆ　……あたり。

ナコ　何で?

三井　何で、って、何となく……。

ナコ　え、何これ?　何の冗談だよ。

みゆ　(別のはりがね作品を差し出し) これは?

三井　え?

みゆ　これ！
三井　飛行船。
みゆ　あたり……。
ナコ　どうなってんだよ。
みゆ　本当に迎えに来た？

三井、頷く。

みゆ　じゃあ……、（部屋の隅からペットボトルを取り）これ、飲んでみて。
三井　……おやすいご用だよ。
ナコ　最悪。ホント、気持ち悪い。

三井、ペットボトルのキャップを外す。

三井　……。
ナコ　何？　飲めないんじゃない。
三井　これ、君のじゃないな。

みゆ　うん。ナコちゃんの。
ナコ　……何でわかんの。飲んでもいないのに。
三井　色、香り、透明度、それに……、輝きがまるで違う。（とペットボトルを投げ捨てる）
みゆ　本物は、こっち。

みゆ、もう一つのペットボトルを渡す。

三井　これだ。……まだあたたかい。

三井、それを一気に飲み干す。

ナコ　頭おかしいんじゃないの、この人……。

三井、ハンカチを取り出して、口元を拭う。

みゆ　私と一緒に暮らして、どうするの。
三井　別に何もしない。

みゆ　じゃあ何で？
三井　……。
みゆ　何で！
三井　……セックスとか、愛とか、そういうのはいい、もういいんだ。もう、そういうのは、ちょっと……。
みゆ　ちょっと？
三井　怖いんだ。

間。

三井　でも、一人でいるのも嫌なんだ。近くにいるのは嫌だけど、一人でいるのも嫌なんだよ。……回ってきたかな、早いな。
みゆ　お金くれる？
三井　あぁ。
ナコ　みゆ？
みゆ　薬は？
三井　……買ってあげるし、職場からくすねてきてもいい。でも、少し、減らしなさい。売らなくてよくなれば、減らせるだろう？

みゆ　うん。

ナコ　みゆ、何考えてんの？　ちょっと、えー、ちょっと待ってよ。何？　こんな変態についていく、って、そんなわけないでしょ？

みゆ　ついていく。

ナコ　私は？　私はどうするの？

みゆ　だって……。

ナコ　何。

みゆ　ナコちゃん、もう私のこと、好きじゃないでしょ？

間。

ナコ　そんなことないよ。

みゆ　わかるよ。しないと、怒るもん。

ナコ　だってそれは……。

みゆ　誰も頼んでないよ、売ってくれとか。

ナコ　じゃあどうすんの、あんた!?　どうやって家賃払うの、どうやってご飯食べんの！　あん

たが何もできないから、私がやってあげてんでしょ⁉

みゆ　ほら。

ナコ　ほらって何。

みゆ　もう好きじゃないんだ。私ももう、嫌いだよ。

間。

ナコ　……当たり前でしょ。セックスもさせてくれない女、好きでいられるわけないでしょ。

みゆ、「飛行船」をナコに投げつける。

ナコ、「飛行船」を踏みつぶす。

ナコ、出て行く。

みゆ　やっぱり。ほら、やっぱり。みんなそう。

三井　（肩に手を置こうとして）……落ち込むなよ。

みゆ　触らないで！

間。

三井　ごめん、触らない、触らないよ。
みゆ　触りたいんでしょ、本当は。
三井　触りたくない、本音を言えば、触りたくない。
みゆ　じゃあ、何で今。
三井　いや……、泣いてたから……。

間。

みゆ　私に絶対触らない？
三井　触らない。
みゆ　セックスとか、しない？
三井　したくない。言っただろ、そういうのは、もういいんだ。
みゆ　じゃあ何で。
三井　愛し合うとか、抱き合うとか反吐が出る。そんなに近いのって、嫌だろ？　少なくとも自分は嫌だ。

みゆ　（頷く）
三井　何もしない。触らない。ただ、隣にいてくれればいい。五十センチくらい離れて隣に座って、天気の話でもして、はりがねいじったりテレビ見たりして、たまに、その……。
みゆ　……おしっこ飲ませてあげる。
三井　うん。
みゆ　おいしいでしょ、私の？
三井　おいしい。
みゆ　絶対に捨てない？
三井　捨てないよ、絶対。
みゆ　本当？
三井　本当だ。だから……。
みゆ　だから？
三井　一生、君のおしっこを飲ませてくれないか。

間。

みゆ、頷く。

感動的な音楽が流れる。

♪「飲尿、それは喜び」

（壮大な感じで）

（男女）愛の迷路に迷ったり　孤独の森に囲まれたら

（男女）金色の夢を飲もう　そう　おしっこを飲もう

（男）傷つけることなく

（女）失うことなく

（男）奪い去りたい

（女）分け与えたい

（男）君のすべてー

（女）私のひみつー

（男女）食べちゃいたいほど愛してるから　君のすべてを飲み干したい

（男女）飲尿、それは喜び

（男女）飲尿、それは喜び

（男女）飲尿、それは喜び

（男女）飲尿ー

3、バー・エリクシール

店主 お客さん、看板だよ。

三井、目を覚ます。

店主 お客さん。夢の続きは、ご自宅でお願いしますよ。お会計……。

三井 ちょっと待って。

店主 何か？

三井 ……夢？

店主 よく寝てましたよ。

三井 ……あり得ないだろ。これ。

店主 もう、クローズなんで。すいませんがお会計……。四万三千円になります。

三井　おい、ちょ、高いだろ。

店主　伝票見ますか？

三井　当たり前だろ。

店主　お酒とおつまみで一万二千円。女子高生、人妻、弁当屋の女の子、それぞれ三千円。幼女と女王様がそれぞれ三千五百円で、最後、エリクシールで、一万五千円。しめて四万三千円です。

三井　……夢じゃなかったのか。

店主　何がです？

三井　いや……。

間。

三井　は、は、は。いやね、夢であの子に会ったんだ。何だかやたらドラマチックな展開になってだね、俺さ……、笑っちゃうよ、俺、「一生、君のおしっこを飲ませてくれないか」なんて真顔で言っちゃって。どんなプロポーズだよそれって。

店主　結構ロマンチックじゃないですか。

三井　まぁ、本気だったんだけど。

店主　夢の中では。
三井　夢の中では。
店主　いいもんですね。
三井　で、あの子は、結局、どういう子なの？　本当は。
店主　……さっき全部話しましたけど。
三井　え？　途中で寝ちゃったのかな。……クスリを飲んでるって聞いて、ひどく驚いたのは覚えてる。
店主　死にましたよ。先月。

間。

三井、残っていたグラスの中の液体を飲む。

三井　そう。
店主　在庫ならありますが？
三井　……全部ちょうだい。
店主　（紙ナプキンを手に取り文字を書き込みながら）相当な額になりますよ。
三井　いくら？

店主　はい。

三井、それを読む。

三井　やっぱり、ちょうだい、全部。

店主　ありがとうございます。じゃ、こちら、今のボトルの最後の一杯。サービスです。

店主、エリクシールを出して、奥へ消える。

三井、ハンカチでグラスを拭ってから、それを飲む。

三井　（紙ナプキンの数字を見ながら）ずいぶんぼったくるねぇ。何ヶ月分の給料だ？　これ。

女　あたしのおしっこだよ、それ。

三井　え？　……どこだ？

女　おいしいでしょう、それ。

三井　うん……。夢みたいだ。

女　はやく目を覚まして、はやくこっちにおいで。

三井　起きてるよ。

女　（くすくす笑いながら）違う。夢の中で起きるの。
三井　あぁ……。
女　そうして、早くこっちにおいで。
三井　うん。

女、童謡っぽい、矢野顕子っぽい歌を歌い出す。

♪「ひゃくまんかい」
おはようはいわないで
ゆめのなかでおやすみ

三井　名前、何だっけなぁ。

♪おやすみのまんなかで
もういっかいおやすみ

三井　いくつくらいだったろ、あれ。

はやくここにきて
ドアをしめてから
あさ　目をさますために　ねるのじゃなくて
あした　夢をみるために　のみほして
わたしのとなりにある　ふかいゆめで
そこのないゆめのなかに　おちておいで

三井　まぁ、いいか。（みゆに）毎日、少しずつ飲むから、毎晩、五十センチだけ離れて、隣に座ってくれる？

みゆ　うん。

店主が戻ってくる。

店主　こちら、領収書です。……お客さん、起きて下さい。本当に看板ですよ。

三井　うん。

店主　夢の続きは、ご自宅でお願いしますよ。

三井　うん。
みゆ　どこにも行かない？
三井　うん。……一生、飲ませてくれ。

幕

演劇とは何か、どう生きるべきか

「すべてこの世は舞台」――確かに素敵な言葉だが、一体どういう意味だろう？　ただ言葉に酔いしれていてはいけない、その意味について考え抜かなければ、演劇とは何か、どう生きるべきか、答えは出ない。

本作『演劇』は卒業式をめぐる小学校内のいざこざを描いた物語の中に、私なりの演技論、演劇論を盛り込んだ作品である。もっともそれは隠れた主題、隠し味であり、普通に読んでいれば見逃してしまうかもしれない要素ではあるから、この場を借りてその真意について書いておこうと思う。

まずこの作品に大いに影響を与えたとある本からの引用を紹介しよう。劇作家・翻訳家そして評論家として活躍した福田恆存の著作、『人間・この劇的なるもの』からの一節だ。少々長いが非常に重要なので、よく噛み締めながら読んで欲しい。

また、ひとはよく自由について語る。そこでもひとびとはまちがっている。私たちが真に求めているものは自由ではない。私たちが欲するのは、事が起るべくして起っているということだ。そして、そのなかに登場して一定の役割をつとめ、なさねばならぬことをしているという実感だ。なにをしてもよく、なんでもできる状態など、私たちは欲してはいない。ある

役を演じなければならず、その役を投げれば、他に支障が生じ、時間が停滞する——ほしいのは、そういう実感だ。（略）
生きがいとは、必然性のうちに生きているという実感から生じる。その必然性を味わうこと、それが生きがいだ。私たちは二重に生きている。役者が舞台のうえで、つねにそうであるように。

ここには人生を生きる上で、そして演劇の中、舞台上で役を生きる上においても、最も重要と言っていいような真理が書き表されている。生きる上で重要なのは、自由ではなく必然性であり、「これをせねばならぬ」というある種の強制——これを「役割」と呼ぶこともできる——こそが私たちに生きがいを与えると言うのである。
これはいわゆる評論家のセンセイによる机上の空論、形而上学的な御託なんかでは全くなく、演劇の実演家である私にとっても深く頷ける、むしろ実践的な部類に属する理論である。私はよく、稽古場やワークショップで俳優にこう語る。……ある役を演じる際に、やることが増えたり、考えることが増えたりすると、一見演じるのが難しくなったと感じるかもしれないが、実は逆なのだ。やることが多く、考えるべきことに満ちており、しなければならない決まりごとがたくさんあればあるほど、役を確かに生きることができる。演じる上での手掛かりが増え、足場が確かになっていく。これは真逆の状況を考えるとより理解しやすい。例えばあなたが、ある芝居の中に台本もなしに放り込まれ、台詞も自由、動きも自由、役柄も全部自由にしてよろしい、さあどうぞ、ご自由に――と言われた場合、生き生きと自由に振る舞えるだろうか？　確かな手応えを持って言葉を語れるだろうか？　状況を力強く生きられるだろうか？　絶対にそんなことはない。そんな状況に投げ込まれたら不安に苛まれ、しどろもどろ、立ち位置を決めることすらままならず、うろたえて終わるのが関の山だろう。役柄が決まっており、性格や職業、その場面における目的もわかっていて、もちろん台詞が決まっており、動きも立ち位置も衣裳も決まっている、と決め事だらけのときの方が、むしろかえって生き生きと、力と確信を込めて、自由に役を生きる実感を得ることができる。

つまり役を生きる、もっと言えば演技における自由を獲得するということは、逆説的に言えば不自由を増やしていくことだとも言えるし、右に引用した福田恆存の言葉に倣えば「必然性」を増やしていくことだとも言えるのだ。決め事、不自由さ、必然性が、より確かに役を生きる手掛かりを与えてくれる。

本作『演劇』における主人公「ぼく」は、劇の冒頭、自由の刑に処されている。何をしてもいいが、何もするべきことがなく、完璧に自由なのだが、逆に何をしていても間違っているように感じる、青春の不自由さを感じている。小学生である彼には何の役割もないから、生きるべき役がなく、つまり彼には生の実感がない。もし「ぼく」がバスケ部で優勝を目指す部活少年だったり、中学受験に燃える勉強少年だったりすれば、話は違ってくるだろう。それぞれの場合、部活や勉強、それぞれの形で生きるべき役割、演じるべき台本があり、生の実感を得ることが可能だ。さらに言えばそんなとき彼は「生きるとは何だろう」ということさえ考えないかもしれない。「生きるとは何だろう」「人生って何のためにあるのだろう」という類の生の疑問というのは、生の目的を見失っている者にだけ見える問題であり、その問題は何らかの答えによって解決する類のものではなく、忘れ去られること、すなわち忘却されることによってのみ解消するものなのだから。

そんな自由の不自由さにさらされている「ぼく」が、異常に強烈な個性を持った少女「あの子」と出会い、彼女を救い卒業式に出させてあげるという「目的」を持ったときに、彼の人生は輝き出す。彼は演ずべき役割、発するべき台詞、遂げるべき目的を手に入れた。必然性を手にしたのだ。生きるべきドラマに出会ったと言ってもいい。ドラマとはギリシャ語のドローン＝行動という言葉に由来している。「目的」は「ぼく」に「必然性」、そして「行動」を与えた。そして彼は生き生きと生き始めた（これは演劇の稽古で行われることと全く同じである。戯曲の中から目的を読み取り、行動を設定することで、俳優は役を生きることができる）。

そしてもう一つ、演劇において重要な観点がある。真に役を生きるためには、「自分より相手が大事」という考え方が必要なのだ。例えばある一つの台詞を言う場合、それは大抵の場合、相手を説得するためにある。台詞とは相手の心を変え、気持ちを動かし、行動を変化させるために言うのである。自分を表現するために言われるのではないし、自分を説明するために言われるのではない。ここを初心者は勘違いしがちである。自分について語る、自意識に満ちた台詞は大抵、クサくなったり説明じみて聞こえる。自分を表現したり、説明したりしようする自意識はベタベタと台詞を汚してしまい、生きた言葉を生み出さない。これもまた逆説的に聞こえるが、相手のことを考え、相手に意識を置き、自分のことなど忘れて言った台詞の方がよほど、自分の気持ちや性格を観客に伝えてくれるのだ。

劇中の「ぼく」も、「自分は何がしたいのか」と考えている序盤の頃には自由も力も手に入れることができない。物語も後半に差し掛かり、「あの子」のために生きようと動き出した頃になってようやく、伸び伸びと自由に振る舞い、勇気と力も発揮できるようになる。その頃の「ぼく」には物語前半の悩みも暗さもない。相手を動かし、相手を変えようとし始めたことによって、「ぼく」は自由と力を手に入れたのだ。

先ほどの福田恆存の言葉に戻ろう。「ある役を演じなければならず、その役を投げれば、他に支障が生じ、時間が停滞する――ほしいのは、そういう実感だ」。まさに「ぼく」はそういう実感を手に入れたのだ。役を生きるとは、そういうことなのだ。そして人生を生きるというのもまた、そういうことなのだ。やるべきことがわかっているから、自由に生きられる。相手のために振る舞うからこそ、自分を生きられる。これは書斎で生まれた哲学ではなく、私が長年、稽古場やワークショップで若手俳優を指導する上で見出してきた実践的技術だ。そしてよりよく役を生きるための技術は、よりよく人生を生きるための技術に重なるのである。

「ぼく」がこのようにして生命を獲得した一方で、その対比として上演される成長した「ぼく」こと「松野」に代表される大人たちはどのような生を生きているだろうか。そのことについて検討する前にまず、私が劇作をする上で使い分けている二つの手法、「主人公型」のプロットと「群像劇型」のプロットの違いについて簡単に書いておきたい。

「主人公型」のプロットとは、ある特定の主人公がおり、彼／彼女が何かしら夢や目標、問題や危機を感じていることがプロット構築のスタートラインとなる。まず序盤で主人公の性格や境遇について語り、彼／彼女が抱えている〈夢・目標・問題・危機〉が顕わにされる。この部分をハリウッドの脚本術などでは「セットアップ」と呼ぶ。文字通り設定と問題を〝セットアップ〟＝配置・構成するのである。そして中盤では〈夢・目標・問題・危機〉との格闘が描かれ、後半でそれを乗り越えたり達成したりする様が描かれることで物語は輪を閉じる。問題の解決を通じて、主人公の成長が描かれるのである。本作『演劇』における「ぼく」すなわち子どもパートはこの主人公型のプロット構築法で書かれている。

これに対し「松野」すなわち大人パートで採用されている「群像劇型」のプロットではまず、人物よりも先に問題を考える。村から一人いけにえを出さなければならないというようなファンタジーめいたものでも、高齢者向けの養護施設で職員が入居者に暴行事件を起こしたというような社会問題めいたものでも構わない。本作『演劇』の松野＝大人パートにおける「問題」は、複雑にこじれたいじめ問題だ。いじめられていたと思しきある生徒が自殺未遂を起こしたが、直接の証拠や証言は見つからず、その調査で学年全体が疲弊している。そんな中、自殺未遂を起こした生徒が卒業式に出たいと言い出し、教師たちが対応に苦慮する。それぞれの意見、思いがぶつかり合うが、学校側としては事態の沈静化を図るため「卒業式には来ないでくれ」ということをいじめられた側の親に切り出すことになる。これは実際にあった大津市中二いじめ自殺事件から着想を得て書かれている。

群像劇型のプロットでは、話の中心に大きな「問題」があり、その解決し難い「問題」を前にして登場人物たちが右往左往する様が描かれる。この場合、重要なのはどのようにして問題を解決するかではない。問題に対して、それぞれの人物がどのような言葉や行動を示したかが重要であり、その言葉・行動を通じて人間が描かれる。極論を言えば、問題は最終的に解決・解消されなくても構わない。解決しようとして人物が悩む姿自体が劇の主題を提示してくれる。むしろ解決しづらい問題であればあるほど、それぞれの人物の意見や哲学が炙り出されるため、秀逸な戯曲が生まれやすくなる。

主人公型のプロットの登場人物たちが、ある意味では主体的に、自らの意思と行動で物語を動かしていくのに対して、群像劇型のプロットの登場人物たちは、どちらかと言えば非主体的であり、状況や問題に対して服従的に動いていく。群像劇型のプロットではある一人の人物が快刀乱麻を断つように問題を解決し事態を動かすなどと言うことは極めて稀であり、人々は問題の周りをうろつき、前でたむろし、途方に暮れてしゃがみ込む。自らの意思で台詞を言っているというより、状況や相手によって台詞を言わされているような感覚さえある。

劇の台詞を書く場合、今言ったような微妙な感覚の違いがあるものなのだが、そういった違いを私はこの劇の大人パートを描く際にそのままモチーフとして採用した。劇中、松野はこんなことを述べる。

――悪党ばっかりだと思った。だけど、しばらく経つと気がついた。誰もやりたくて悪党やってるんじゃない。柏倉はああいう奴だろ。徹底的な事なかれ主義の管理主義。でもあいつも、教育委員会に睨まれてやらされてるだけの小悪党だし、教育委員会は文部省の方針で雁字搦め。でも文部省だって成績を上げろ、ただし授業時間は減らせ、ゆとりだ、生き抜く力をつけさせろと子どもを持つ親たちに監視されている。

俺はもう、誰を怒鳴っていいんだか、わからない。

（略）気づいたら子どもの頃、あいつはとんだ大悪党だと思ってた大人と変わらないことばかり言ってる。言わされている。そして誰が俺にこんなことを言わせてるのか、その正体もわからない。

松野はもはや完全に人間としての主体性を失っているように見える。そして自らの生や言葉を誰かに「やらされている」「言わされている」ものだと感じている。このように生きたいと思って主体的に生きているのではなく、こうするしかないと感じて状況に服従するように生きている。それでも松野は、一度はそんな状況に復讐しようと上司である柏倉に反旗を翻すのだが、最終的には他の大人たち全員からプレッシャーをかけられ、絶対に言いたくなかったはずの「台詞」を「言わされて」しまう。

子供の頃、生きる目的を見出すことで人生の主役になった「ぼく」は、大人になって群像劇の登場人物の一人となり、言いたくない台詞を言わされる脇役・「松野」になってしまった。どちらも生のあり方だし、どちらも演劇のあり方なのだが、全く異なる人生だし演劇である。

すべてこの世は舞台、それはその通りなのだが、しかしどのような思想や手法を持って脚本が書かれているかによって、舞台の性質は大きく異る。主人公型のプロットを、主体的に、そして誰かのために生きることで力強く演ずることもできるが、群像劇型のプロットを、非主体的に、言いたくもない台詞を言わされながら演ずることもまた人生なのだ。我々はそのどちらをも選ぶことができるが、大人になるにつれ、つまり人間関係の事情や仕事の都合・経済的状況などどうしようもなくつきまとう現実が増えていくにつれて、我々は群像劇的に生きることを強いられる場合が多い。そんな不本意な状況を抜け出そうと、今日からでも主人公的プロットを主体的に・自由に生きることも人生では可能なのだが、そのために失う物は極めて多く、大抵の人はそんな勇気のつかないまま今を生きている。

しかしそれでも、人生も演劇も、筋書きを変える自由は残されている。極めて難しいことではあるが、途中からまるで違う物語を始めることもできる。私たちはどう生きるべきか、それはすなわち、どの役を演ずるべきか選ぶということだ。今演じている役割が違うと思えば、それを放り出して違う自分を身にまとうことも人生という舞台では可能なはずだ。「松野」は空気の読めない大人になって、同僚からの信頼や出世への希望もすべて断って英雄的な台詞を言い、新しい人生のドラマを生きることもできたはずなのである。しかし、彼はそうしなかった。これからもしないだろう。それもまた人生であり、それもまた一つの芝居なのである。

最後にもう一度だけ、シェイクスピアの言葉を引用して終わりにしよう。シンプルな言葉だが、様々な読み方を与えてくれる言葉である。

――この世界はすべてこれ一つの舞台。
人間は男女を問わずすべてこれ役者にすぎぬ。
それぞれ舞台に登場してはまた退場していく。
そしてそのあいだに一人一人がさまざまな役を演じる。

二〇二〇年二月

谷　賢一

DULL-COLORED POP
作品リスト2005–2019

2005.11.3－6　アールコリン（荻窪小劇場）

第1回本公演

東京都第七ゴミ処理施設場　ロンリー・ハーツ・クラブ・バンド

東京のはずれ、危険物や不法投棄の処理に特化したゴミ処理場に捨てられた一人の少女。粉砕され、燃やされ、埋められるはずの運命を生き延びた彼女が聴いたものとは……。

脱力系の演技が気持ちいいDULL-COLORED POP旗揚げ公演。音楽監修・作曲にmelicoの新戸崇史を迎え、生演奏を交えて上演。

【作者回想】舞台一面にゴミを撒き散らし、その中にバンドセットを埋め込んで、俳優はみんなグレーの作業着を着て上演しました。今思い返すと稚拙な脚本でしたが、「現代口語演劇の流れに飲み込まれてなるものか」と強引に独白を盛り込んだりして、自分なりにスタイルを模索していた作品です。総動員数は二八四人、今でもよく覚えています。これが僕のスタートラインでした。

作・演出：谷賢一／舞台監督：鮫島あゆ／照明：海老沼佑貴／音響：宮袋充弘（みつひろ企画）／音楽監修・作曲：新戸崇史（melico）／舞台美術：カニクリームおじさん／衣装：磯貝朝海／メイク：TSU-BASA／小道具：新井宏美／宣伝美術：岩藤一成／制作：立入梓

出演：岩藤一成、上野庸平、遠藤恵一、佐藤弘樹、清水那保、高橋絵梨佳、谷賢一、堀奈津美

2006.3.3-5　阿佐ヶ谷アルシェ

第2回本公演

ラパン・アジルと白の時代

放浪、酩酊、乱闘、そして逮捕。生涯で十数回に渡る精神病院への収監。自身の芸術を叩き売ってはすべて酒に変え、モンマルトルの街中に吐瀉《としゃ》して回った、エコール・ド・パリ最大クズ、モーリス・ユトリロ。彼がその厚塗りの画布に塗り込めた思いとは一体何だったのか？

実在の画家の生涯をポップ＆シックに劇化するDULL-COLORED POP第二回公演。

【作者回想】アル中画家ユトリロというモチーフは、是非とも書きたかったものでした。この後も僕は実在の人物に想を得ていくつも作品を書いていますが、その走りとなったものです。廃人のようになりながら絵を描き続けるユトリロに何かしらシンパシーを感じていたのだと思います。ユトリロの絵は今でも好きで、不思議な霊感を与え続けてくれています。

作・演出：谷賢一／舞台監督：田澤恭平／照明プラン：松本大介／照明操作：滝井麻美／音響効果：岩井望美、鮫島あゆ／舞台美術：萩原未来／衣装：杉崎真由子／宣伝美術：ofj／小道具：新井宏美、高野翼／制作：大藤多香子、横山由衣

出演：池田学、岩藤一成、遠藤恵一、大野遥、清水那保、高橋絵梨佳、富所浩一、堀奈津美

2006.8.17,19,20　青の奇跡

DULL-COLORED ANTI-POP

4 nudists

不思議空間・『青の奇跡』にて、一人芝居四本を連続上演。あまりポップではないかもしれませんが、低く低く濃密なお芝居。他作家が手掛ける脚本の上演もDCPOP初。

翻案上演『藪の中』
原作：芥川龍之介／翻案：谷賢一／出演：菅野貴夫
新作上演『アムカと長い鳥』
作：谷賢一／出演：清水那保
新作上演『チル・オ・チル』
作：遠藤恵一／出演：堀奈津美
新作上演『無意味の逆』
作：岩藤一成／出演：上野庸平（尊師）
全演出：谷賢一／照明：海老沼佑貴／音響：宮袋充弘／制作：西村俊彦、大藤多香子

2007.5.4　U.F.O. CLUB

猫道ロックフェスティバル'07参加作品

息をひそめて

「運命は、いつも、ひそやかに息をひそめて、人生の扉を叩く」
某警備保障会社に勤める拓也は、同棲中の彼女・まどかの浮気を疑い、床下に身を潜める。何も知らないまどかは、キャバクラで働く女友達・葉月を連れて家に帰ってきた。女二人の口角に咲く、愚痴、恋花、浮気の真相。
ライブハウスに六畳間を、しかも10分で仕込み、しかも静かな会話劇をやる！という、無駄にロックなスタンスで、下郎集団・猫道一家主催イベントに殴り込んだ、DCPOPの小品。

作・演出：谷賢一
出演：堀奈津美、清水那保、菅野貴夫

2006.5.11-14　Duo Stage BBs

第3回本公演

国境線上の蕎麦屋

第二次世界大戦が終わり、東をソ連、西をアメリカに分割占領された日本。東西日本を分ける国境線、その真上に建つ老舗蕎麦屋「絶頂庵」では、昔ながらの二八蕎麦を出す職人気質の店主と東西日本兵が、日々小競り合いを繰り返していた……。実在した東西日本分割占領案をベースに、割といい加減にファンタジーを膨らませて描かれた蕎麦と戦争の物語。

【作者回想】タイトルの響きだけで言えば最高傑作だと思っています。

作・演出：谷賢一／舞台監督：権乃川倫太朗／照明デザイン：松本大介／照明オペレーション：雨宮涼太／音響プラン：鮫島あゆ／音響オペレーション：有吉沙織／舞台美術：萩原未来／映像：鮫島あゆ、岩藤一成／宣伝美術：谷賢一／ロンドン：新井宏美／衣装・小道具：DULL-COLORED POP／制作：大藤多香子、横山由衣、西村俊彦、田代幸三、福原冠

出演：岩藤一成、菅野貴夫、佐藤弘樹、清水那保、須崎千泰、高橋絵梨佳、滝井麻美、富所浩一、堀奈津美、和知龍範

2007.3.16-18　タイニイアリス

第4回本公演

ベツレヘム精神病院

片田舎の精神病院。父を蛇蝎《だかつ》の如く忌み嫌い、詐病を用いて入院して来た政明は、ある目的を持っていた。

「見に来たんだ、ここを」――政明は、目を包帯で覆い、耳をヘッドフォンで塞いだ少女・うにかと出会い、その目的の真意を彼女に漏らす。

実在した史上初の精神病院・ベツレヘム精神病院に着想を得、精神病者の内的世界の舞台化と、精神病者を見詰める視線を描いた、DULL-COLORED POP第四作。

【作者回想】これも当時はかなりの意気込みで書いたものですが、今読み返すと恥ずかしくて最後まで読めません。この次の『セシウムベリー・ジャム』になると随分マシになるのですが、習作時代の作品といった感じです。

作・演出：谷賢一／舞台監督：甲賀亮／照明：松本大介、河上賢一／音響：長谷川ふな蔵、若井大輔／演出助手：上金由佳／舞台美術：鮫島あゆ／宣伝美術：堀奈津美（写真）、鮫島あゆ（編集）／ロンドン：新井宏美／制作：大藤多香子、神谷愛美、黒澤ナホ、林安由美、片山響子

出演：岩藤一成、加賀美秀明（青春事情）、清水那保、富所浩一、猫道（猫道一家）、ハマカワフミエ（劇団活劇工房）、堀奈津美、和知龍範（fool-fish）

2007.10.12-15　　タイニイアリス

第5回本公演

Caesiumberry Jam

乾いた砂埃が舞い上がる廃村、崩落しかけた農家の木戸を蹴破ると、一人の子供がジャムを食っていた。見たところ白痴である。ゴーグル越しに飛び込んでくる締まりのないガキの笑顔にいらいら、イライラする、けど人は撃たない。一匹の猫を射殺すると、シチューを煮ていた女やもめが姿を現し、もう遅いから泊まっていけと言う。こんな汚い、危険な村に泊まれって？　ここがどんな場所だか、わかってるのか、お前は。

史実への取材で得たマテリアルをグロテス・ポップな空想力で舞台化する、DULL-COLORED POPにしては初のロシア民謡風フォトダイアリー。アリスフェスティバル２００７参加作品。

作・演出：谷賢一／舞台監督：甲賀亮／照明：松本大介(enjin-light)／音響：長谷川ふな蔵／演出助手：永岡一馬／宣伝美術・舞台美術：鮫島あゆ&グラマラスキャッツ／役者顔写真撮影：秦達夫／映像：荻原かやの／制作：黒澤ナホ&クレイジービーンズ

出演：堀奈津美（DULL-COLORED POP）、清水那保（DULL-COLORED POP）、太田守信（劇団ギリギリエリンギ）、菅野貴夫、危村武志（巌鉄）、滝井麻美、ハマカワフミエ（3WD）、待村朋子（第弐牡丹）、和知龍範（fool-fish）、片山響子、澁谷美香（騒動舎）

2007.11.4　　寺島文化会館前広場

企画公演

藪の中（Remix）

二〇〇六年夏に一人芝居として上演した原作・芥川龍之介の問題作「藪の中」を、今度は八人で上演。個性豊かなプレイヤー八人が引っ掻き回す、野外ならではの粗野にして荒削り、ライブ感溢れる一品。上演時間45分。

柏市・寺島文化会館前の路上にて上演された、DULL-COLORED POP初の野外劇。

【作者回想】芥川龍之介は僕が最も好んだ作家の一人で、文章の切れ味と言い構成の妙と言い、僕の文学的な理想と言ってもいい。この作品の後も『河童』を演劇化していますが、他にもチャンスがあれば翻案してみたい作家です。

作・演出：谷賢一／照明：奥田賢太（OFFICE DAMIAN）／音響：鮫島あゆ／主催：協栄商店会／制作：柏市民劇場CoTiK／協力：寺島文化会館、JOBANアートライン柏、かしわインフォメーションセンター、小櫃川桃郎太一座、猫道一家、OFFICE DAMIAN、鮫島あゆ＆グラマラスキャッツ／舞台美術・宣伝美術：鮫島あゆ

出演：谷賢一、危村武志（巌鉄）、岩☆ロック（岩☆ロック座）、猫道（猫道一家）、小櫃川桃郎太（小櫃川桃郎太一座）、大野遥、ハマカワフミエ（3WD）、菅野貴夫

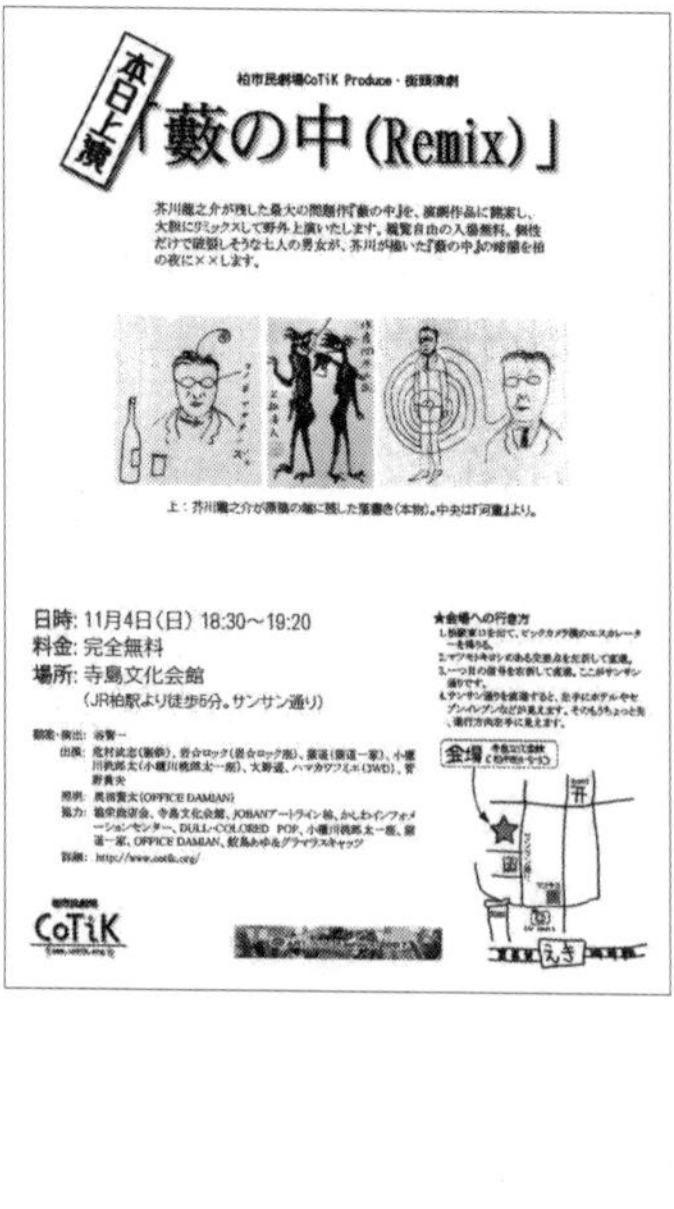

2008.6.4-9　タイニイアリス

第6回本公演

小部屋の中のマリー

【設問】マリーは聡明な人文科学者であるが、何らかの事情により、生まれてからずっと白黒の部屋から白黒のテレビ画面を通してのみ世界を調査させられている。彼女は本や映像を通じて、世界中のあらゆる事象に精通している。（中略）さて、彼女が白黒の部屋から解放されたり、テレビがカラーになったとき、何が起こるだろうか。彼女は何かを学ぶだろうか？

人の心は何故歪んでしまうのか、という青臭いテーマを、主題的には恥ずかしげもなく、表現的には思いっきり照れながら舞台化する、DULL-COLORED POPの暗くて元気なおとぎ話。舞台上で次々と表情を変える「ライブペインティング美術」も話題に。

作・演出：谷賢一／舞台監督：吉川悦子／照明：松本大介(enjin-light)／音響：長谷川ふな蔵、余田崇徳／宣伝美術：鮫島あゆ／舞台美術：鮫島あゆ&グラマラスキャッツ（鮫島あゆ&小林慧輔）／衣裳：関根千恵／役者顔写真撮影：堀奈津美／予告編監督・制作：長谷川剛／制作：塩田友克（クロムモリブデン）、鮫島あゆ&クレイジービーンズ

出演：清水那保（DULL-COLOREDPOP）、堀奈津美（DULL-COLOREDPOP）、小櫃川桃郎太（小櫃川桃郎太一座）、菅野貴夫、久保亜津子（向陽舎）、小林タクシー（ZOKKY）、滝井麻美、田中のり子、千葉淳

2008.10.8-13　タイニイアリス

第7回本公演

JANIS Love is like a Ball and Chain

演劇×ロックバンド生演奏でえぐる、ロックの女王ジャニス・ジョプリン最後の一ヶ月。

酒と男と麻薬のプールを泳ぎながら、その孤独の苦痛から息継ぎするように、ひしゃげた声でブルース・ロックを歌い続けたジャニス。27歳で彼女は死んだ。一九七〇年十月四日、午前二時、右手にマルボロ、左手に4ドル50セント、短いバスローブを羽織ったまま、ニュー・アルバムの最後の一曲を録り残したまま。

新宿二丁目ど真ん中、いかがわしさ満点のアングラ劇場・タイニイアリスにバンドセットを詰め込んで、歌と芝居とバンド生演奏で綴る、ジャニス・ジョプリンの評伝劇。ビートニクの詩人たちに捧げる音楽劇。アリスフェスティバル２００８参加作品。

作・演出：谷賢一／舞台監督：横川奈保子（Y's factory）／照明：enjin-light／音響：長谷川ふな蔵／音楽監督：伊藤靖浩／編曲：新戸崇史／衣裳：中埜愛子／舞台美術：あの子（Upper Gold Reason Aroma）／宣伝美術：鮫島あゆ×堀奈津美（*rism）／演出助手：陶山浩乃、永岡一馬／制作：鮫島あゆ＆クレイジービーンズ

出演：武井翔子、清水那保、堀奈津美、岡部雅彦、影山慎二、桑島亜希、齋藤豊、新戸崇史、千葉淳、中村祥

2009.3.12-15　シアターグリーン Box in Box

番外短編

15分しかないの

15分×6団体。——小劇場で勢いのある話題の団体を六つ集め、15分ずつの短編を一挙上演する、Mrs.fictions主催の人気企画『15 minutes made』に、DULL-COLORED POPが初参加。公演のフライヤー・モデルに劇団員の堀奈津美が選ばれました！　イヤッホオオオオオオオオオオオオオ！

重なる肉体、ずれる声。短い短い夏の夜に、女一人、うがいをする。実験的な脚本・演出で、若いキャリアウーマンの懊悩をさらり深々とえぐります。劇団員・堀奈津美に加え、リュカ．から境宏子、東京タンバリンから千葉淳を招き、さらに『JANIS』でコケティッシュキチガイを熱演した桑島亜希も再参加。

作・演出・音源製作：谷賢一／照明：南香織／音響：星野大輔／舞台監督：大畑豪次郎（MOKK）／舞台美術：坂本遼／宣伝美術：関田浩平／写真撮影：柳沢舞／フライヤーモデル：堀奈津美（DULL-COLORED POP）／映像：sasamoto masaki／制作：Mrs.fictions、上栗陽子（MOKK）／後援：豊島区／主催：Mrs.fictions／シアターグリーン提携公演
出演：堀奈津美（DULL-COLORED POP）、境宏子（リュカ．）、桑島亜希、千葉淳（東京タンバリン）

2009.4.29-5.6　Pit 北区域

第7.7回本公演

ショート7

短編×7本。DCPOPが過去にこっそり・ひっそり公開した幻の短編や外部提供した脚本六つ＋新作一本を連続上演。

7本ぜんぶの作・演出：谷賢一／舞台監督：小林慧介／音響：長谷川ふな蔵／照明：松本大介（enjin-light）／照明オペレーター：朝日一真／作曲・演奏・音楽監修（『エリクシールの味わい』）：伊藤靖浩／衣裳：中埜愛子／舞台美術：鮫島あゆ&グラマラスキャッツ／制作：池田智哉

『アムカと長い鳥』出演：清水那保（DULL-COLORED POP）

『息をひそめて』出演：堀奈津美（DULL-COLORED POP）、佐野功、田中のり子（reset-N）

『藪の中』出演：堀越涼（花組芝居）

『ソヴァージュばあさん』出演：堀川炎（世田谷シルク）、和知龍範、佐野功、堀越涼（花組芝居）

『Bloody Sauce Sandwitch』出演：ハマカワフミエ（国道五十八号戦線）、佐々木なふみ（東京ネジ）、千葉淳（東京タンバリン）

『15分しかないの』出演：堀奈津美（DULL-COLORED POP）、桑島亜希、境宏子（リュカ.）、千葉淳（東京タンバリン）

『エリクシールの味わい』出演：岡田あがさ、清水那保（DULL-COLORED POP）、小林タクシー（ZOKKY）、ほか

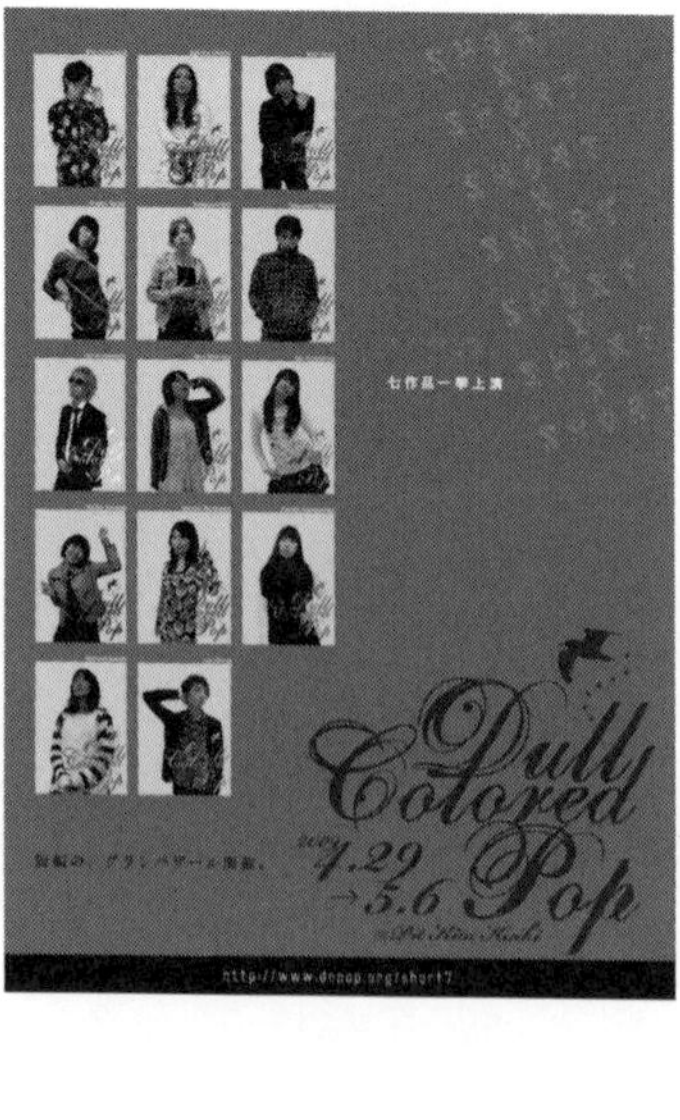

2009.8.14-17　シアターモリエール

第8回本公演

マリー・ド・ブランヴィリエ侯爵夫人

十七世紀フランス。美貌、家柄、財産、すべてに恵まれ、何一つ不自由とするところのなかった一人の女が、何十人という罪のない人々を虐殺した。マリー、彼女には、世間的な意味での「良心」はひとかけらもなかった。マリー、彼女には、宗教も法律も、他人の命でさえも、絨毯に落ちたチリほどの価値も感じられなかった。マリー、彼女には、生まれつき何かが欠けていた。だがマリー、彼女は、僕が知り得る限り、世界史上もっとも美しく魅惑的な女性である。

目を刺激する衣裳・舞台美術・空間演出、耳を挑発する濃密な台詞、豪華多彩なキャスティングで、小劇場劇団ぽくない大作を、初進出・新宿シアターモリエールにて上演。

作・演出：谷賢一／舞台監督：田中翼／照明：松本大介(enjin-light)／音響：長谷川ふな蔵／美術：土岐研一／衣裳：中埜愛子／頭髪美術：村山香菜／演出部：小林慧輔／演出助手：ピロリ、小林歩祐樹／制作：北澤芙未子（DULL-COLORED POP）、池田智哉（feblabo）／協力：reset-N、柿喰う客、elePHANTMoon、向陽舎、劇団チョコレートケーキ、オムニバス、フォセット・コンシェルジュ、アトラプト・カンパニー、プロダクション・タンク

出演：清水那保、堀奈津美（以上DULL-COLORED POP）、大塚秀記、尾崎宇内、久保亜津子（向陽舎）、酒巻誉洋（elePHANTMoon）、七味まゆ味（柿喰う客）、高橋浩利（オムニバス）、田村元、塚越健一、中田顕史郎、原田紀行（reset-N）、日澤雄介（劇団チョコレートケーキ）、三嶋義信、宮嶋美子、百花亜希

2009.10.7-13　サンモールスタジオ

第9回本公演

プルーフ／証明
心が目を覚ます瞬間　4.48サイコシスより

オリジナル翻訳（＋翻案）による海外戯曲二本立て。一方はアメリカでトニー賞・ピューリッツァー賞ほか五つもの演劇賞に輝いた『プルーフ／証明』。もう一本は、現代イギリス演劇に最も大きな影響を与えた作家サラ・ケインが、自殺の直前に書き下ろした遺作『4.48サイコシス』をアレンジした『心が目を覚ます瞬間』。それぞれが00年代最大の話題作でありながら、全く方向性の違う二つの戯曲を、全く異なる着想から生まれた演出プランで描く。二作品日替わり上演。

『プルーフ／証明』
原作：デヴィッド・オーバーン／翻訳・演出：谷賢一
出演：清水那保、木下祐子、小栗剛（キコ）、中田顕史郎

『心が目を覚ます瞬間　4.48サイコシスより』
原作：サラ・ケイン／翻訳・翻案・演出：谷賢一／演出協力：小栗剛（キコ）、吉田小夏（青☆組）
出演：谷賢一、堀奈津美

照明：松本大介（enjin-light）、朝日一真／音響：長谷川ふな蔵／美術協力：土岐研一／演出助手：高橋浩利、酒井一途／制作：北澤芙未子（DULL-COLORED POP）、池田智哉（feblabo）

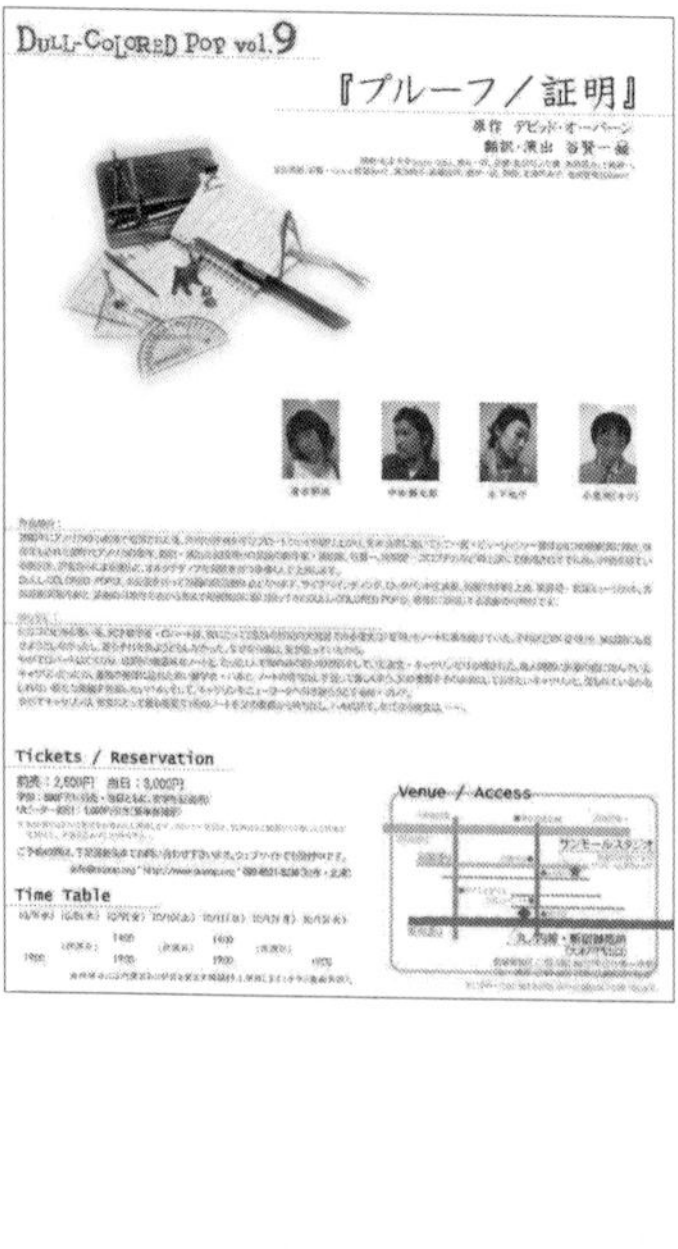

2011.8.20-28　シアターグリーン Box in Box

第10回活動再開記念公演

Caesiumberry Jam

二〇〇七年に初演された劇団初期の傑作を再演。チェルノブイリ原発事故に取材し、事故後も同地に留まり続ける人々――通称「サマショール」の思いを描き出した。

四谷にある雑々たる仕事部屋で、カメラマンは思い出していた。十年前、あの渇いた大地、打ち捨てられた寒村、そこに住む人々との思い出。「さっぱりしたよ。ありがとう」。飛行機を乗り継ぎ彼を訪ねてきた男、かつては家畜を撃ち殺して回る仕事をしていたあの独善的で高圧的なエストラゴン・ヨシフォビッチ・ベルジコフスキー。二人は古いネガ・フィルムとボロボロのノートを取り出し、一つ一つ、噛み含めるように、あの土地での記憶を掘り起こしていく。あの土地で何が起こったのか？　覚えているだろうか、俺たちは？

作・演出：谷賢一（DULL-COLORED POP）／舞台監督：棚瀬巧＋至福団／照明：松本大介／美術：土岐研一／制作：北澤芙未子（DULL-COLORED POP）、会沢ナオト（劇団競泳水着/mono.TONE）／演出助手：元田暁子（DULL-COLORED POP）、南慎介（Minami Produce）、海野広雄（オフィス櫻華）、竹田悠一郎／宣伝美術：鮫島あゆ（DULL-COLORED POP）×堀奈津美（DULL-COLORED POP/*rism）

出演：東谷英人、大原研二、塚越健一、中村梨那、堀奈津美、若林えり（以上、DULL-COLORED POP）、石丸さち子（Theatre Polyphonic）、井上裕朗（箱庭円舞曲）、加藤素子（さいたまゴールド・シアター）、佐賀モトキ、芝原弘（黒色綺譚カナリア派）、田中のり子、細谷貴宏、百花亜希、守美樹（世田谷シルク）、吉永輪太郎

2012.3.14-18 アトリエ春風舎
3.20 りゅーとぴあ主劇場
3.24-25 せんだい演劇工房10-BOX box-4
3.27 アトリエ劇研
3.28 in→dependent theatre 1st
3.31 レイノホール
4.3-8 アトリエ春風舎

第11回本公演

くろねこちゃんとベージュねこちゃん

父が死に、母は見えない猫を飼い始めた。くろねこちゃんとベージュねこちゃん。煙草の匂いの消えた実家は発泡スチロールみたいに荒涼として、僕は知らない。僕は知らなかった、幽霊みたいな自分たちの正体を。妹と口をきくなんて、一体何年ぶりだっけ？　くろねこちゃん、どこにいるの？　ベージュねこちゃん、どこにいるの？　母さんそれ猫ちがう、それ何だ、何だろうこの素敵な世界は！　全国六都市七会場、初のツアー公演。家族の輪郭を問い直す、ノラ猫どもの「戦う会話劇」。

作・演出：谷賢一（DULL-COLORED POP）／演出助手：元田暁子（DULL-COLORED POP）／照明：松本大介／美術協力：土岐研一／宣伝美術：山下浩介／宣伝写真：堀奈津美（*rism/DULL-COLORED POP）／制作：鮫島あゆ&グラマラスキャッツ／協力：青年団、こまばアゴラ劇場、アトラプト・カンパニー、松本デザイン室、㈱ワーサル、ほか
出演：東谷英人、大原研二、塚越健一、なかむら凛、堀奈津美、百花亜希、若林えり（以上DULL-COLORED POP）、佐野功

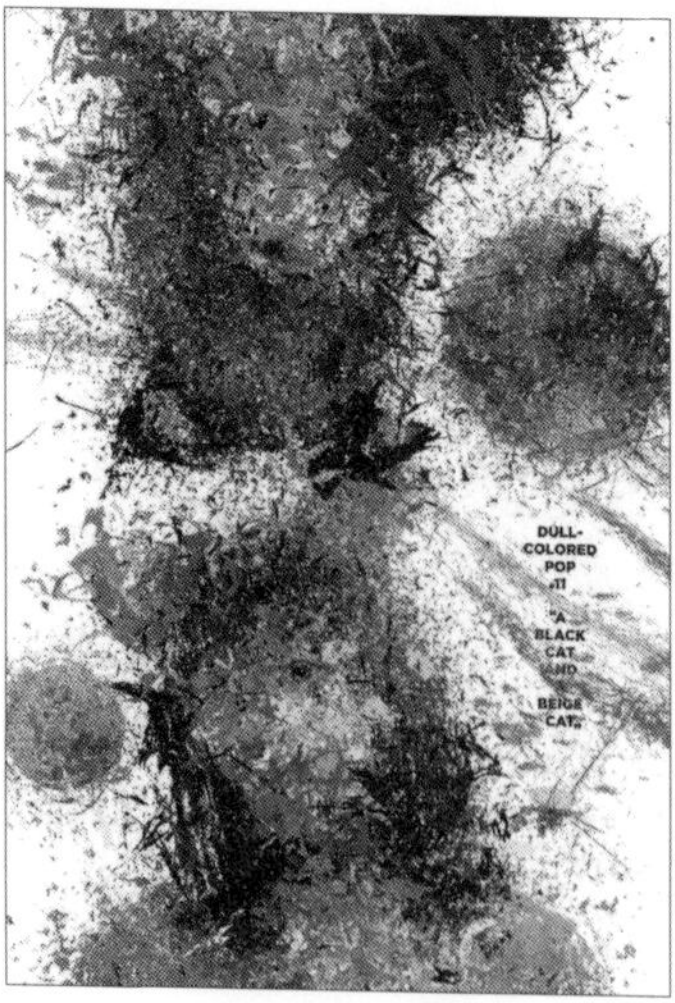

2012.11.1-7　こどもの城 青山円形劇場

第12回本公演

完全版・人間失格

二〇一〇年、小劇場の人気劇団が集まった「Project BUNGAKU」にて初演され、観客投票ぶっちぎりの一位を獲得した本作（参考：Project BUNGAKU観客投票結果発表）を、フルスケールの長編作品として再演／再翻案！　泥まみれクソまみれの人生を25分で駆け抜けた初演のスピード感はそのままに、イケイケ爆音の音響効果とガタガタにぶっ壊れた空間演出で、主人公・葉蔵の内面世界を突っ走ります。女イケメン・コロ演じる女バージョンと、原西忠佑演じる男バージョンのダブル上演。

作・演出：谷賢一（DULL-COLORED POP）／原案：太宰治／舞台監督：村岡晋／美術：土岐研一／照明：奥田賢太（colore）／音響：上野雅／DJ：堀雄貴（犬と串）／映像：三ツ井春伸（SGB）／宣伝美術：山下浩介／演出助手：元田暁子（DULL-COLORED POP）、港谷順／制作：藤井良一（江古田のガールズ）、武藤香織／主催：DULL-COLORED POP／提携：こどもの城 青山円形劇場（担当：劇場事業本部 志茂聡明）／協力：Art Revival Connection TOHOKU、アトラプト・カンパニー、劇団競泳水着、ゴーチ・ブラザーズ、zacco、The Dusty Walls、世田谷シルク、ばけもの、範宙遊泳、㈱ワーサル、ワタナベエンターテインメント

出演：東谷英人、大原研二、塚越健一♡、中村梨那、堀奈津美、百花亜希、若林えり（以上DULL-COLORED POP）、川村紗也（劇団競泳水着）、熊川ふみ（範宙遊泳）、コロ♡、孔大維コン・テユ、西郷豊（The Dusty Walls）、原西忠佑◆、細谷貴宏（ばけもの）、堀川炎（世田谷シルク）、村上誠基◆

※「♡」は女バージョン、「◆」は男バージョンにのみ出演する俳優です。

2013.5.24-6.2

シアター風姿花伝

番外公演

プルーフ／証明

アメリカ北部、五大湖のほとりにある風が吹き荒れる街、シカゴ。キャサリンの父親であり、天才数学者・ロバートは世紀の大発見の可能性を孕む〝証明〟を記したノート一〇三冊を遺し他界した。失意と孤独に沈むキャサリン。葬儀のため、ニューヨークから駆けつけるキャサリンの姉・クレア。そして、世紀の大発見を探しに遺稿整理に訪れる駆け出しの数学者・ハル。各人の思惑が絡み合う中、ロバートの部屋から〝ある一冊のノート〟が見つかって……。

オフ・ブロードウェイでのヒットをきっかけにブロードウェイに上げられ、トニー賞やピューリッツァー賞を始めとした演劇賞を四つ受賞した作品。二〇〇七年に谷賢一がオリジナル翻訳、二〇〇九年に劇団の本公演として初演。演出家と演出助手が〝同じ作品〟を〝別キャスト〟でお送りする番外公演。

前半日程／演出：谷賢一（DULL-COLORED POP）

出演：百花亜希、東谷英人（以上、DULL-COLORED POP）、境 宏子、中田顕史郎

後半日程／演出：元田暁子（DULL-COLORED POP）

出演：中村梨那☆、若林えり★、堀奈津美、塚越健一（以上、DULL-COLORED POP）、大石憲

※☆と★はWキャスト

製作総指揮：元田暁子、百花亜希／作：デヴィット・オーバーン／翻訳：谷賢一（DULL-COLORED POP）／音響：木村祥子／宣伝美術：chie*（＊rism）

《谷 Ver.》照明：朝日一真（A's light）、演出助手：海野広雄（オフィス櫻華）、古田彩乃、本多証

《元田 Ver.》舞台美術：三井優子、照明：千田 実（CHIDA OFFICE）、演出助手：港谷順（劇団↓ヤコウバス）

2013.8.23-25　スタジオ空洞

番外企画：DULL-COLORED POP 夏期講習

絶対合格人生講座

DULL-COLORED POPの夏休み！　池袋の新たな芸術創作拠点・スタジオ空洞にて、スペシャルな「夏期集中講座」を行います。三日間・計15コマ。DULL-COLORED POP劇団員が、それぞれの人生と経験を傾けた本気で本粋な人生講座をお届けします。

楽しく遊んで楽しく学ぼう！　あと、遊ぼう！　夏を吹き飛ばす知識と体力の無駄遣い。怖くないので、ふるってご参加下さいませ。

【国語：戯曲論（近現代の戯曲構造と書き方について）】講師・谷賢一
【演劇：演技の引き出し、作り方講座（見学可）】講師・大原研二
【昼休み（谷）：ドッジボール（飲み放題）】講師・谷賢一
【社会：アイドル集団38mmなぐりーずの歴史と振付】講師・若林えり
【道徳：百花亜希の人生お悩み相談】講師・百花亜希
【算数：『プルーフ／証明』戯曲読解&解説】講師・谷賢一
【理科：気をつけろ！　本当は強い野生動物トップ100】講師・谷賢一
【昼休み（東谷）：ポッドキャスト公開録画&漫画の朗読（全力）】講師・東谷英人
【音楽：サントリー「氷結」を飲みながら歌う合唱曲】講師・堀奈津美
【家庭科：おいし～い料理レシピを紹介しながら今までの苦～い人生を語る90分】講師・塚越健一
【体育：中村梨那の夜のラジオ体操】講師・中村梨那

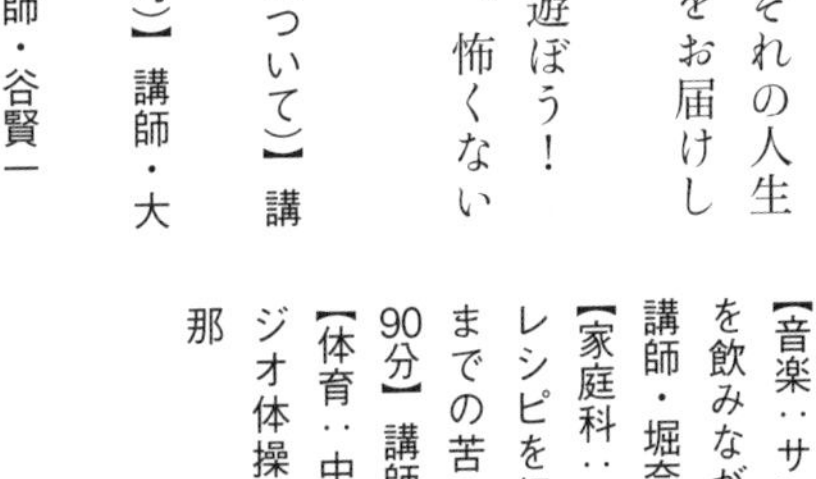

2013.10.4-13　d-倉庫

番外公演

最後の精神分析

フロイトVSルイス

精神医学や心理学のみならず、二十世紀の文学や芸術に多大な影響を与えた精神分析の祖、ジークムント・フロイト。そして『ナルニア国物語』『別世界物語』などが高く評価され、今も愛読され続けているファンタジー作家、C・S・ルイス。

互いに〝夢〟〝幻想〟を通して人間を理解した二人。

互いに〝ファンタジー〟に魅入られた二人。

互いに同じ時代のイギリスに生きていた二人。

しかし二人には、決定的な、受け入れがたい相違点があった。フロイトは過激な無神論者。一方ルイスは熱烈なキリスト教徒。――そんな二人が、もし、出会っていたら？

神はいるのか？　道徳とは何だ？　そして性欲とは？　人生とは？　なぜ人は争い続ける？　二十世紀前半を代表する二人の知の巨人たちが、90分の激論を通じて、歴史上誰も解決し得なかった問題に挑むスリリングな会話劇。

翻訳・演出：谷賢一（DULL-COLORED POP）／作：マーク・セント・ジャーメイン／美術：土岐研一／照明：松本大介（㈱松本デザイン室）／音響：長野朋美（オフィス新音）／衣裳：前田文子／舞台監督：武川喜俊／演出助手：中村梨那（DULL-COLORED POP）／制作：福本悠美（DULL-COLORED POP）、馬場順子（石井光三オフィス）／宣伝美術：近藤一弥／イラストレーション：望月梨絵／主催：DULL-COLERD POP、制作協力：石井光三オフィス、助成：アーツカウンシル東京（公益財団法人東京都歴史文化財団）、芸術文化振興基金／平成25年度（第68回）文化庁芸術祭参加公演・参加作品
出演：石丸幹二、木場勝己

2013.12.5-31　シアター風姿花伝

第13回本公演

アクアリウム

東京都の外れにある、とあるシェアハウス物件。数名の男女が、ほぼ全く、互いに交流を持たず暮らしていた。使う者のないリビング・ルームには、たくさんの熱帯魚と、ワニと鳥が飼われている。新入居者の歓迎会の日。ふとっちょとガリの刑事二人が部屋を訪れ、静かに警察手帳を見せた。先日起こった殺人事件の、犯人を探しています。部屋にはとても美しい、アクアリウムが置かれている。赤い西日に貫かれて、オレンジ色にきらきらと光っている。住人の一人が、ふと気づく。私たちの共通点。もう一人が思い出す。17年前に起きた、14歳の殺人事件。もう一人は考え続ける。逃げ出した鳥とワニの行方を。

今を生きる僕たち私たちは、何にのっとって生きていこう？　キレる14歳、あるいはキレる17歳、あるいはもっとストレートに酒鬼薔薇世代と呼ばれた僕が改めて問い直す、「おれたち一体、何だっけ!?」ものがたり。

作・演出：谷賢一（DULL-COLORED POP）／舞台監督：鈴木拓・武藤祥平／美術：土岐研一／照明：松本大介／衣裳：chie*／舞台協力：㈱STAGE DOCTOR／舞台監督助手：竹井祐樹／演出助手：元田暁子・塚越健一（DULL-COLORED POP）／宣伝美術：西野正将／宣伝写真：堀奈津美（DULL-COLORED POP・*rism）／稽古場付記者：稲富裕介／制作：福本悠美（DULL-COLORED POP）

出演：東谷英人、大原研二、中村梨那、堀奈津美、百花亜希、若林えり（以上DULL-COLORED POP）、一色洋平、中林舞、中間統彦、渡邊亮

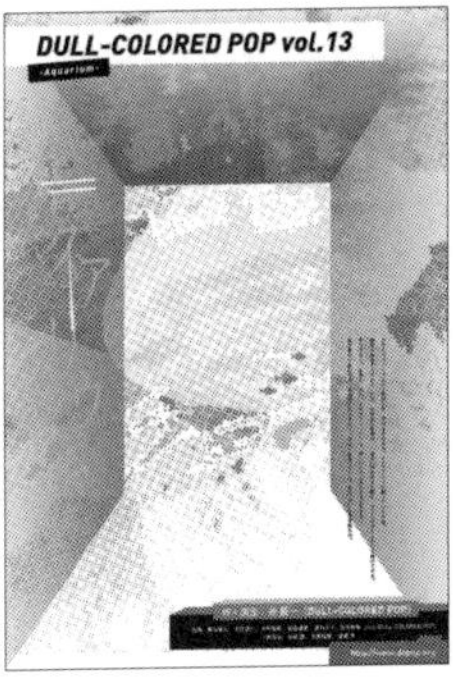

2014.5.28-6.4日　サンモールスタジオ

番外公演

プルーフ／証明

『プルーフ／証明』は、二〇〇〇年五月にオフ・ブロードウェイで初演された後、圧倒的な観客の支持を得て、十月にはオン・ブロードウェイに進出。その後も世界各地で上演され続けている、アメリカ現代劇の最高傑作の一つと言える作品。
――シカゴ、冬。天才数学者・ロバートが一〇三冊のノートを遺して世を去ったところから、物語は始まる。家に引きこもり、人を寄せ付けようとしない次女キャサリンと、ロバートの研究を引き継ごうと家を訪れる青年ハル、キャサリンの身を案じる長女クレア。三人は、あるいは惹かれ合い、あるいは傷つけあいながら、やがて一冊の「証明」が書かれたノートを発見する。「数学の歴史が始まって以来、あらゆる数学者たちがずっと証明しようとしてきた」「おそらく不可能だろうと思われていた」世紀の「証明」。ロバート最後の偉業と思われるその「証明」について、キャサリンが驚愕の事実を打ち明ける。これはパパが書いたものじゃない、この「証明」は……。

作：デヴィッド・オーバーン／翻訳・演出：谷賢一／主催：ナッポスユナイテッド／舞台監督：大原研二、照明：奥田賢太／美術：中村梨那／音響協力：大久保友紀／演出助手：鈴木遼、古田彩乃、木村恵美子／宣伝美術：デザイン太陽と雲／宣伝写真：久富健太郎／舞台監修：福澤諭志／制作：仲村和生、安井和恵
出演：百花亜希（DULL-COLORED POP）、山本匠馬、遠野あすか、大家仁志（青年座）

2014.7.18-27　吉祥寺シアター

第14回本公演

河童

これはある精神病患者、第23号が誰にでも喋る話である。「――人間！　馬鹿で、浅はかな、いやらしい、うぬ惚れきった、残酷な動物ばかり！　その点、河童たちの社会は、合理的、先進的、人間的……、ィャ河、童、的、な、素晴らしいところ。（苦笑し）まだ疑ってらっしゃる？　私はこの目で確かに見ました。河童たちの暮らす国、完璧に幸福な理想郷を！」

吉祥寺シアターの大舞台、所狭しと踊り狂う二十万匹の河童たち！　人間とは真逆の常識に生きながら、「完璧に幸福」に生きている河童とは？　芥川龍之介が晩年に、その絶望と苦痛を裏ッ返して描いた怪作『河童』を下敷きに、現代社会の矛盾と行き詰まりを揶揄嘲笑する渾身の音楽劇。

作・演出：谷賢一（DULL-COLORED POP）／原案：芥川龍之介／音楽：岡田太郎（悪い芝居）／振付：伊藤今人（ゲキバカ／梅棒）、中林舞、堀川炎（世田谷シルク）、長谷川寧（冨士山アネット）／美術：土岐研一／照明：松本大介（松本デザインオフィス）／音響：中田里司／演出助手：畑田哲大（東京ジャンクZ）／舞台監督助手：竹井祐樹（STAGE DOCTOR）／舞台監督：鈴木拓（boxes Inc.）／舞台監修：福澤諭志（STAGE DOCTOR）／制作：福本悠美（DULL-COLORED POP）・藤井良一

出演：東谷英人、大原研二、中村梨那、百花亜希、若林えり（以上DULL-COLORED POP）、天羽尚吾、一色洋平、井上裕朗、今村洋一、岩瀬晶子（日穏-bion-）、内田悠一（レボリューションズ）、港谷順（劇団↓ヤコウバス）、小角まや（アマヤドリ）、澄人、平佐喜子（Ort-d.d）、ドランクザン望、ナカヤマミチコ（アロッタファジャイナ）、浜田えり子、東ゆうこ、三津谷亮、山中一美

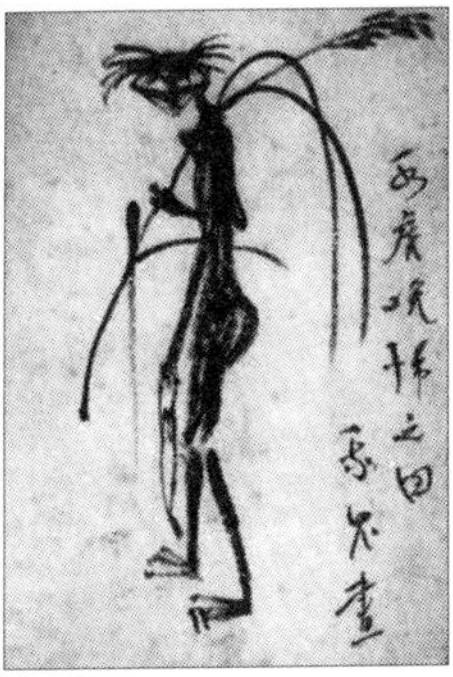

2015.2.5-15　　座・高円寺

第15回本公演

夏目漱石とねこ

「吾輩は、夏目家三代目の猫である。名前はやっぱり、ない。

初代はともかく、二代目、三代目と名前をつけぬ。家人も誰も構ってくれない。放っといてもらう方が気が楽だから不満があるでもないのだが、一体全体、飼う気があるのか、甚だ疑問だ。

この間など、よしここは一つ愛玩動物らしいところを見せてやろうと、主人の膝の上で甘えてみた。すると「抜け毛が酷い、病気だろう。クロロホルムでも嗅がせて殺してやった方が苦しまなくて幸せだ」などと言う。全く人間ほど不人情なものはない。

知ってるようでよく知らない、夏目漱石の人となり。三十代半ばで文学者に転身し、孤独、軋轢、すれ違い、そして三角関係の恋を描き続け、どうにかこうにか「さみしさ」を生き抜いた心の奥底を猫と一緒に覗き込む。

作・演出：谷賢一（DULL-COLORED POP）／舞台監督：竹井祐樹／美術：土岐研一／照明：木藤歩／演出助手：畑田哲大、元田暁子／宣伝美術：西野正将／休場：大原研二／制作：福本悠美／主催：DULL-COLORED POP／後援：杉並区／提携：NPO法人劇場創造ネットワーク 座・高円寺

出演：東谷英人、塚越健一、中村梨那、堀奈津美、百花亜希、若林えり（以上、DULL-COLORED POP）、大西玲子（青☆組）、木下祐子、西郷豊、榊原毅（三条会）、佐藤誓、西村順子、前山剛久、山田宏平、渡邊りょう（悪い芝居）

2015.8.19-25　王子小劇場

全肯定少女ゆめぁ

番外短編

ふしぎふしぎふしぎ！　どうして鳥は空を飛べるの？　どうしてカニさんは横にしか歩けないの？どうして世界は滅びつつあるの？

——あちしの名前はゆめあ。夢はたっくんのお嫁さん！　邪悪な大人たちと戦うことを決意した。あちしたちの手で、みんなの笑顔を守るのよ！

——「小劇場演劇の活性化」を目的として、六劇団が15分ずつの作品を一ステージで上演する小さな演劇祭『15 Minutes Made』に、六年ぶりに参加。六年前は一番若手でした。今回はどうやら一番年輩。

【作者回想】ハチャメチャな内容ですが、僕を救ってくれた作品でした。劇作をしてうまくいくときは必ず自分のことについて書いているように思われますが、これもある意味では自分のことについて書いた作品かもしれません。詩人は僕ですが、同時にゆめあも僕、演劇の可能性を信じることができた僕の姿なのです。

作・演出：谷賢一／照明：南香織／音響：田中亮大／舞台監督：本郷剛史／舞台美術：坂本遼／映像：篠原雄介／主催・制作：Mrs. fictions／協力：王子小劇場
出演：東谷英人、大原研二、塚越健一、中村梨那、堀奈津美、百花亜希（以上、DULL-COLORED POP）、一色洋平、近藤崇之、楡井華津稀、深沢未来、渡邊りょう（悪い芝居）

2015.8.26-30　王子スタジオ1
2015.9.1-2　インディペンデントシアター2nd
2015.9.4-6　天神山文化プラザ／蔭涼寺

第16回本公演

くろねこちゃんとベージュねこちゃん

父が死に、母は見えない猫を飼い始めた。母・よし子、61歳。プロのお母さんとして生きてきた彼女の人生にきらめく、ステキにまばゆい思い出たち！　しかしその裏側には悲しい過去が隠されていて、そいつを猫たちがじゃんじゃん暴いてく――。だって僕たち、猫だもの！
二〇一二年に上演され大好評を博した劇団の代表作『くろねこちゃんとベージュねこちゃん』。多数寄せられた再演希望の声にお応えして、満を持しての再演です。来る超高齢化社会を前に描かれた、言わば「普通のお母さんの老後問題演劇」。世界一ステキで残酷な〝ウソ〟の物語。

作・演出・美術：谷賢一（DULL-COLORED POP）／舞台監督：鮫島あゆ／照明：松本大介／衣裳：chie*（*rism）／宣伝美術：松本美穂、楡井華津稀／演出助手：元田暁子（DULL-COLORED POP）／稽古場助手：近藤崇之、楡井華津稀、深沢未来／お手伝い：猫の手（ダルカラ応援団組織）／制作：福本悠美（DULL-COLORED POP）
出演：東谷英人、大原研二、塚越健一、中村梨那、堀奈津美、百花亜希（以上DULL-COLORED POP）、渡邊りょう（悪い芝居）、ほか

2016.5.12-29　王子小劇場
2016.6.3-5　えんとつシアター

第17回本公演／活動休止公演

演劇

人生は演劇だ。子どもの夢と大人の現実の痛々しい軋轢の対比を描き、三千人を動員した伝説の活動休止公演。

作・演出：谷賢一／舞台監督：竹井祐樹（STAGE DOCTOR）／照明：松本大介／照明操作：朝日一真／音響協力：千葉恵太／大道具：テルミック／今回お休み：中村梨那（DULL-COLORED POP）／稽古場助手：外桂士朗、片岡はるな、市川彩／いろいろ協力：猫の手（ダルカラ応援団組織）／助成：セゾン文化財団

出演：谷賢一、東谷英人、大原研二、塚越健一、堀奈津美、百花亜希（以上DULL-COLORED POP）、井上裕朗、小角まや（アマヤドリ）、渡邊りょう（悪い芝居）、中田顕史郎、ほか

2016.5.15-22, 29　王子小劇場

好評短編リバイバル再演

DULL-COLORED POP 名作短編集

本編『演劇』とは別に、かつてとっても高い評価を頂いたダルカラ短編二作品をスペシャル復刻上演！　二〇〇九年初演、バカバカしさに笑えて切なさに泣ける伝説の業界初・飲尿ミュージカル『エリクシールの味わい』（初演の際の上演時間：約40分）と、二〇一五年に初演され、駆け抜ける無敵小学生ゆめあvsわるい大人たちの八〇年代演劇風・全力芝居が話題をさらった『全肯定少女ゆめあ』（初演の際の上演時間：約15分）。一公演で二作品、同時にお楽しみ頂けます。

【作者回想】『エリクシールの味わい』は二〇〇九年『ショート7』の初演でも大評判であり、自分としても気に入っている作品です。ネットで読んだ飲尿マニアの文章に霊感を得て作った作品ですが、取材が必要だと思い当時の彼女に頼んで本当に飲尿したりしました。作品の中に書かれている通り、本当に結構いいもんでしたよ。

作・演出：谷賢一（DULL-COLORED POP）
作曲・音楽監督：伊藤靖浩
演奏・出演：伊藤靖浩、佐藤仙人文弘
出演：原田優一、永楠《えな》あゆ美、川村紗也、一色洋平、東谷英人、大原研二、塚越健一、堀奈津美、百花亜希（以上DULL-COLORED POP）、小角まや（アマヤドリ）、渡邊りよう（悪い芝居）、ほか

2018.7.7-8　いわきアリオス小劇場
2018.7.21-8.5　こまばアゴラ劇場

第18回本公演／福島三部作・第一部先行上演

1961年：夜に昇る太陽

劇団活動再開！　福島と原発の歴史を解き明かす「福島三部作」、第一部のみ先行上演。原発事故はなぜ起きてしまったのか？　震災以降ずっと考えてきた問いに答えを出すべく、二年半に渡る取材を経て福島の歴史を執筆・上演する。第一部は1961年、双葉町が原発誘致を決定した年。あの頃、人々は何を夢見ていたのか？　当時の夢であり現在の悲劇の発端でもある1961年を「演劇」、つまり人間同士のドラマとして描き出したい。

作・演出　谷賢一（DULL-COLORED POP）／舞台監督：藤田有紀彦、松谷香穂／照明プラン：阿部将之（LICHT-ER）／制作：小野塚央／助成：アーツカウンシル東京（公益財団法人東京都歴史文化財団）、芸術文化振興基金、公益財団法人セゾン文化財団／支援：アイオーン、青木麻莉子、アゼクラミツコ、一之瀬善照、いではなえ、S.K.、emikuma、遠藤雄太、遠藤洋子、荻野達也、Kaoru、河原塚祐司、川南恵、giovanni、澤田絵津子、高須左恭、高野しのぶ、たれめのリリー、坪池栄子、中川真里、永渕哲三、のし、ふみ、masato、松本由希子、宮崎晃行、吉見由香、りいちろ、RUMMY、Y.Tamura（五十音順・敬称略）

出演：東谷英人、大原研二、塚越健一、百花亜希（以上DULL-COLORED POP）、古屋隆太（青年団）、井上裕朗、内田倭史、大内彩加、丸山夏歩、宮地洸成

2019.2.14-2.24　サンモールスタジオ

第19回本公演／新人加入記念公演

あつまれ！『くろねこちゃんとベージュねこちゃん』まつり

父が死に、母は二匹の猫を飼い始めた。母・よし子、六十一歳。プロのお母さんとして生きてきた彼女の人生にきらめく、ステキにまばゆい思い出たち。しかしその裏側には悲しい過去が隠されていて、そいつを猫たちがじゃんじゃん暴いてく――。だって僕たち、猫だもの！

人が猫を演じ、猫が母を演じ、家族同士が良い家族を演じる。「演じる」ことをテーマとした劇団の代表作『くろねこちゃんとベージュねこちゃん』待望の再々演。4演出・4バージョンに拡大上演。

作・総合演出：谷賢一（DULL-COLORED POP）／演出：谷賢一、東谷英人、百花亜希、井上裕朗／舞台監督：東谷英人／舞台監督補：竹井祐樹（Stage Doctor）／特殊効果：小林慧介／照明：榊美香（有限会社アイズ）／音響協力：佐藤こうじ（Sugar Sound）／美術：鮫島あゆ&グラマラスキャッツ／宣伝美術：鮫島あゆ／稽古場助手：小川譲史、宮藤仁奈、杉森裕樹／制作：井上裕朗、百花亜希、猫の手／助成：セゾン文化財団

出演：（谷チーム）東谷英人、井上裕朗、大内彩加、塚越健一、春名風花、深沢未来、宮地洸成、百花亜希（東谷チーム）荒木秀行、椎名一浩、柴田美波、高橋 奏、田中あやせ、福冨 宝、細川洋平、横田雄平（百花チーム）大島 萌、川上憲心、木村望子、小林春世、今野誠二郎、佐藤千夏、平吹敦史、廣田 彩（井上チーム）斉藤直樹、清水直子、野村由貴、橋本ゆりか、細井 準、瑞帆、結城洋平、渡邊りょう

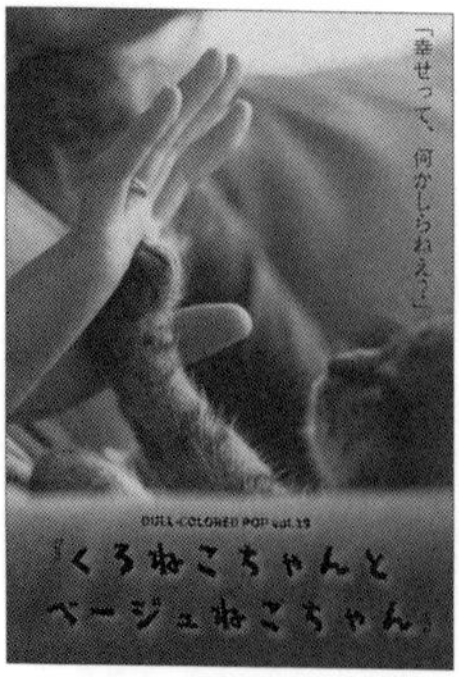

2019.8.08-28 東京芸術劇場シアターイースト
2019.8.31-9.2 インディペンデントシアター
2019.7.6-7, 9.7-8 いわき芸術文化交流館アリオス 小劇場

第20回本公演

福島三部作

異なる意見を持つ者たちが出会い、言葉を戦わせ合うのが演劇だ。答えを示すことよりも、問いを強く投げかけるのが演劇だ。演劇でなら語れる、「なぜ原発事故は起きてしまったのか?」二年半に渡る取材成果を三部作・三世代の家族の話として紡ぎ直し、人間のドラマとして福島と原発の歴史を問い直す。

作・演出：谷賢一／美術：土岐研一／照明：松本大介／音響：佐藤こうじ／衣裳：友好まり子／舞台監督：竹井祐樹／演出助手：美波利奈／宣伝美術：ウザワリカ／制作助手：柿木初美・徳永のぞみ・竹内桃子（大阪公演）／制作：小野塚央／助成：セゾン文化財団、（東京公演）アーツカウンシル東京、芸術文化振興基金（大阪公演）芸術文化振興基金

第一部『1961年：夜に昇る太陽』出演：東谷英人、井上裕朗、内田倭史（劇団スポーツ）、大内彩加、大原研二、塚越健一、宮地洸成（マチルダアパルトマン）、百花亜希（以上DULL-COLORED POP）、阿岐之将一、倉橋愛実

第二部『1986年：メビウスの輪』出演：宮地洸成（マチルダアパルトマン）、百花亜希（以上DULL-COLORED POP）、岸田研二、木下祐子、椎名一浩、藤川修二（青☆組）、古河耕史

第三部『2011年：語られたがる言葉たち』出演：東谷英人、井上裕朗、大原研二、佐藤千夏、ホリユウキ（以上DULL-COLORED POP）、有田あん（劇団鹿殺し）、柴田美波（文学座）、都築香弥子、春名風花、平吹敦史、森 準人、山本亘、渡邊りょう

2019.12.12-22 KAAT 神奈川芸術劇場大スタジオ

第21回本公演

マクベス

先の見えない不安、希望のない未来、行き詰まり暴走する政治。『マクベス』のテキストを解体・再解釈することで現代日本との共通点を見出し、全く新しいシェイクスピア像を提示します。マクベスの心理を現代劇としてアクチュアルな題材として捉え、たった六人のミニマルな出演者でタイトに演出。

原作：ウィリアム・シェイクスピア／翻案・演出：谷賢一／翻訳：松岡和子（ちくま文庫）による／劇中音楽：志磨遼平（ドレスコーズ）／照明：横原由祐／音響：中村嘉宏、佐藤こうじ／映像：松澤延拓／衣裳：及川千春／ヘアメイク：大宝みゆき／舞台監督：森山香緒梨／舞台監督助手：浦本佳亮／宣伝美術：内田倭史／写真撮影：杉能信介／制作：小野塚央／主催：合同会社 DULL-COLORED POP／提携：KAAT 神奈川芸術劇場

出演：東谷英人、大原研二、倉橋愛実、宮地洸成、百花亜希（以上 DULL-COLORED POP）、淺場万矢（柿喰う客）

[著者略歴]
谷 賢一（たに・けんいち）
劇作家・演出家。劇団 DULL-COLORED POP 主宰。1982 年福島県生まれ、千葉県育ち。明治大学演劇学専攻。在学中にイギリス留学し、ケント大学演劇学科に学ぶ。帰国後、劇団を旗揚げ。文学性や社会性の強いテーマをポップに表現する。
2013 年、海外戯曲「最後の精神分析 フロイト vs ルイス」の翻訳・演出で第 6 回小田島雄志翻訳戯曲賞、文化庁芸術祭優秀賞を受賞。
2020 年、「1986 年：メビウスの輪」（「福島三部作」第二部）で第 23 回鶴屋南北戯曲賞を受賞。「福島三部作」で第 64 回岸田國士戯曲賞受賞。
著書に『従軍中のウィトゲンシュタイン(略)』（工作舎）、『戯曲 福島三部作』（而立書房）。

演　劇

2020 年　3 月 20 日　第 1 刷発行

著　者　谷 賢一

発行所　有限会社 而立書房
東京都千代田区神田猿楽町 2 丁目 4 番 2 号
電話　03（3291）5589 ／ FAX　03（3292）8782
URL　http://jiritsushobo.co.jp

印刷・製本　中央精版印刷 株式会社

落丁・乱丁本はおとりかえいたします。

JASRAC 出 2001801-001
NexTone PB000050108 号
Printed in Japan
ISBN 978-4-88059-418-7　C0074

谷 賢一

2019.11.10 刊
四六判上製
336 頁
定価 2000 円

戯曲 福島三部作

第一部「1961 年：夜に昇る太陽」
第二部「1986 年：メビウスの輪」
第三部「2011 年：語られたがる言葉たち」

ISBN978-4-88059-416-3 C0074

劇団 DULL-COLORED POP の主宰で、福島生まれの谷賢一が、原発事故の「なぜ？」を演劇化。自治体が原発誘致を決意する 1961 年から 50 年間を、圧倒的なディテールで描き出す問題作。第 23 回鶴屋南北戯曲賞、第 64 回岸田國士戯曲賞受賞。

中村敦夫

2018.10.20 刊
四六判並製
128 頁
本体 1200 円

朗読劇 線量計が鳴る

ISBN978-4-88059-411-8 C0074

「木枯し紋次郎」で知られる中村敦夫さんが、原発立地で生まれ、原発技師として働き、原発事故ですべてを失った老人に扮し、原発の問題点を東北弁で独白！原発の基礎から今日の課題までを分かりやすく伝える朗読劇。

池内 了

2019.2.25 刊
四六判並製
272 頁
本体 2000 円

原発事故との伴走の記

ISBN978-4-88059-412-5 C0040

福島原発事故以来、書き継がれてきた著者の原子力に関する発言を一挙収録。放射能との付き合い方、再生可能エネルギー、脱原発を決めたドイツの挑戦と困難、廃炉のゆくえ、などなど。原発事故を文明の転換点として捉えなおす道筋をしめす。

永井 愛

2019.12.10 刊
四六判上製
112 頁
本体 1400 円

ザ・空気 ver.2　誰も書いてはならぬ

ISBN978-4-88059-417-0 C0074

舞台は国会記者会館。国会議事堂、総理大臣官邸、内閣府などを一望できるこのビルの屋上に、フリージャーナリストが潜入する。彼女が偶然見聞きした、驚くべき事件とは…。第 26 回読売演劇大賞選考委員特別賞・優秀男優賞・優秀演出家賞受賞作。

永井 愛

2018.7.25 刊
四六判上製
120 頁
本体 1400 円

ザ・空気

ISBN978-4-88059-408-8 C0074

人気報道番組の放送数時間前、特集内容について突然の変更を命じられ、現場は大混乱。編集長の今森やキャスターの来宮は抵抗するが、局内の"空気"は徐々に変わっていき……。第 25 回読売演劇大賞最優秀演出家賞、同優秀作品賞・優秀女優賞受賞作。

永井 愛

2016.1.25 刊
四六判上製
160 頁
定価 1500 円

書く女

ISBN978-4-88059-391-3 C0074

わずか 24 年の生涯で『たけくらべ』『にごりえ』などの名作を残し、日本女性初の職業作家となった樋口一葉。彼女が綴った日記をもとに、恋心や人びととの交流、貧しい生活を乗り越え、作家として自立するまでを描いた戯曲作品。

マキノ ノゾミ

2008.11.25 刊
四六判上製
296 頁
本体 1800 円
ISBN978-4-88059-349-4 C0074

赤シャツ／殿様と私

漱石の『坊ちゃん』の敵役・赤シャツを、気の弱い、気配りの多い近代日本の知識人に仕立て直した野心作「赤シャツ」。明治維新で、自我を知った殿様の悲哀と諦念と開き直りを描く「殿様と私」。

柳 美里

1993.1.25 刊
四六判上製
128 頁
本体 1000 円
ISBN978-4-88059-173-5 C0074

向日葵の柩

私はこの暗い劇場であなたと本当の話をしたいのです…。「オイディプス王」を思わせる古典悲劇の構造を用いて、在日韓国人２世の鬱屈した心情を「詩的」に昇華した女流作家・柳美里の代表作。劇詩人・柳美里は、現代の女中也かもしれない。

太田省吾

1987.3.25 刊
四六判上製
160 頁
本体 1500 円
ISBN978-4-88059-103-2 C0074

夏／光／家

遠い音楽。波……やがて、蝉の声。夏の陽をあびる、船の後部……。断片化する〈対幻想〉の裂け目を優しい眼差しで透視する太田省吾の戯曲。「千年の夏」「午後の光」「棲家」珠玉の３篇を収録した。

太田省吾

2006.11.25 刊
四六判上製
368 頁
本体 3000 円
ISBN978-4-88059-323-4 C0074

プロセス　太田省吾演劇論集

かつて劇団転形劇場を主宰し、小劇場の推進者として上演・劇論活動を精力的に行ってきた著者の三冊の演劇論（『飛翔と懸垂』『裸形の劇場』『劇の希望』）を集大成した。

テネシー・ウィリアムズ／広田敦郎 訳

2019.7.25 刊
四六判上製
160 頁
本体 2000 円
ISBN978-4-88059-414-9 C0074

西洋能 男が死ぬ日 他２篇

劇作家テネシー・ウィリアムズは 1950 年代後半から三島由紀夫と親交をもち、日本の芸術や文化に深い関心をよせた。その時期の戯曲３篇を本邦初訳。三島との対談「劇作家のみたニッポン」も併録し、作家の知られざる側面を照射する。

クレイグ・ポスピシル／月城典子訳

2018.3.25 刊
四六判上製
256 頁
本体 2000 円
ISBN978-4-88059-405-7 C0074

人生は短い／月日はめぐる

階級社会の子どもたち、悩めるティーンエイジャー、結婚の夢と現実、親子の確執、迫りくる老い……。人生の区切りごとに起こる変化や問題にスポットを当て、現代ニューヨークに生きる人々のシュールな人生模様を描いた短編連作コメディ。